CYRANO DE BERGERAC

Cyrano de Bergerac : domaine public
Préface de Bruno Cras : © EDICO 2021.
La vengeance de Cyrano : © EDICO 2018.

Illustration de couverture : Yoann Laurent-Rouault

Éditions : JDH Éditions pour Edico
77600 Bussy-Saint-Georges.
Imprimé par BoD – Books on Demand, Norderstedt, Allemagne

ISBN 978-2-38127-023-4
ISSN 2681-7616
Dépôt légal : mai 2021

CYRANO DE BERGERAC

EDMOND ROSTAND

1897

JDH Éditions
Les Atemporels

Les Atemporels

Qu'il s'agisse d'œuvres du vingtième siècle, du dix-neuvième, du dix-huitième ou encore plus tôt...

Qu'il s'agisse d'essais, de récits, de romans, de pamphlets...

Ces œuvres ont marqué leur époque, leur contexte social, et elles sont encore structurantes dans la pensée et la société d'aujourd'hui.

La collection « Les Atemporels » de JDH Éditions, réunit un choix de ces œuvres qui ne vieillissent pas, qui ont une date de publication indiquée sur la couverture mais pas de date de péremption. Car elles seront encore lues et relues dans un siècle.

La plupart de ces atemporels sont préfacés par un auteur ou un penseur contemporain.

Préface de Bruno Cras

Edmond Rostand a créé avec Cyrano l'un des personnages les plus bouleversants de la littérature française. Un héros qui a du cœur. Ce dernier mot résume Cyrano à lui tout seul. Cœur, au sens de courage puisque c'est un homme qui est prêt à se battre à un contre cent. « Rodrigue, as-tu du cœur ? » faisait dire Corneille à Don Diègue quand il s'adresse à son fils pour lui demander s'il a le courage de le venger. Ce courage, Cyrano l'a à chaque instant sauf, et c'est ce qui fait tout le drame du personnage et toute la trame de la pièce, quand il doit déclarer sa flamme à Roxane. Là, le cœur lui manque pour dire à sa cousine ce que son cœur ressent. Racontée ainsi, l'intrigue ne pourrait être que pur mélodrame. Mais de même que Cyrano ne s'attendrit jamais sur lui-même, Rostand ne veut pas que le lecteur s'apitoie sur son héros. Alors, avec le talent et le verbe du poète, il lui donne du panache : « Ne le plaignez pas trop » déclare De Guiche en évoquant Cyrano devant Roxane. « Il a vécu sans pactes, Libre dans sa pensée autant que dans ses actes. » Cyrano est non seulement libre, courageux et fier mais il va aller jusqu'à l'abnégation, en offrant à son ami et rival Christian, sa verve et sa virtuosité pour l'aider à séduire celle qu'il aime. Cette célèbre scène du balcon pourrait tourner à la farce si la plume de Rostand ne la rendait pas à la fois belle et émouvante. Quand Roxane s'étonne que son amoureux reste caché dans l'ombre, Cyrano répond : « Mais oui, c'est adorable. On se devine à peine. Vous voyez la noirceur d'un long manteau qui traîne, J'aperçois la blancheur d'une robe d'été : Moi je ne suis qu'une ombre et vous qu'une clarté ! » Car non seulement Rostand maîtrise l'alexandrin à la perfection, mais il a aussi le sens de la formule et du morceau de bravoure. Il n'y a qu'à relire L'Aiglon et la scène du grognard, ou Chantecler, œuvre magnifique et souvent ignorée, pour s'en assurer. Dans cette pièce étonnante qui met en scène des animaux, le coq Chantecler explique à la Faisane que si son chant est toujours le premier à retentir, c'est qu'il le claironne juste avant l'aube, lorsqu'il fait encore sombre : « C'est la nuit qu'il est beau de croire à la lumière » dit ainsi Chantecler. Cette réplique, qui est encore aujourd'hui d'une troublante actualité, montre à quel point Rostand a l'art d'élever les propos de ses personnages jusqu'à l'universel. C'est sans doute ce qui nous donne envie d'apprendre par cœur des passages entiers de Cyrano : parce qu'ils nous accompagnent et nous aident à penser et à vivre.

Bruno Cras

*Comédie Héroïque en Cinq Actes en vers
Représentée à Paris, sur le Théâtre de la Porte Saint-Martin le 28 décembre 1897.
C'est à l'âme de CYRANO que je voulais dédier ce poème.*

Mais puisqu'elle a passé en vous, COQUELIN, c'est à vous que je le dédie.

E. R.

Personnages

CYRANO DE BERGERAC
CHRISTIAN DE NEUVILLETTE
COMTE DE GUICHE
RAGUENEAU
LE BRET
CARBON DE CASTEL-JALOUX
LES CADETS
LIGNIÈRE DE VALVERT
UN MARQUIS
DEUXIÈME MARQUIS
TROISIÈME MARQUIS
MONTFLEURY
BELLEROSE
JODELET
CUIGY
BRISSAILLE
UN FÂCHEUX
UN MOUSQUETAIRE
UN AUTRE
UN OFFICIER ESPAGNOL
UN CHEVAU-LÉGER
LE PORTIER
UN BOURGEOIS
SON FILS
UN TIRE-LAINE
UN SPECTATEUR
UN GARDE
BERTRANDOU LE FIFRE
LE CAPUCIN
DEUX MUSICIENS
LES POÈTES
LES PÂTISSIERS
ROXANE
SŒUR MARTHE
LISE
LA DISTRIBUTRICE
MÈRE MARGUERITE DE JÉSUS
LA DUÈGNE

SŒUR CLAIRE
UNE COMÉDIENNE
LA SOUBRETTE
LES PAGES
LA BOUQUETIÈRE

La foule, bourgeois, marquis, mousquetaires, tire-laine, pâtissiers, poètes, cadets gascons, comédiens, violons, pages, enfants, soldats, espagnols, spectateurs, spectatrices, précieuses, comédiennes, bourgeoises, religieuses, etc.

Les quatre premiers actes en 1640, le cinquième en 1655.

Premier Acte

Une représentation à l'hôtel de Bourgogne

La salle de l'Hôtel de Bourgogne, en 1640. Sorte de hangar de jeu de paume aménagé et embelli pour des représentations.
La salle est un carré long ; on la voit en biais, de sorte qu'un de ses côtés forme le fond qui part du premier plan, à droite, et va au dernier plan, à gauche, faire angle avec la scène qu'on aperçoit en pan coupé.
Cette scène est encombrée, des deux côtés, le long des coulisses, par des banquettes. Le rideau est formé par deux tapisseries qui peuvent s'écarter. Au-dessus du manteau d'Arlequin, les armes royales. On descend de l'estrade dans
la salle par de longues marches. De chaque côté de ces marches, la place des violons. Rampe de chandelles…
Deux rangs superposés de galeries latérales : le rang supérieur est divisé en loges. Pas de sièges au parterre, qui est la scène même du théâtre ; au fond de ce parterre, c'est-à-dire à droite, premier plan, quelques bancs formant gradins et, sous un escalier qui monte vers des places supérieures et dont on ne voit que le départ, une sorte de buffet orné de petits lustres, de vases fleuris, de verres de cristal, d'assiettes de gâteaux, de flacons, etc.
Au fond, au milieu, sous la galerie de loges, l'entrée du théâtre. Grande porte qui s'entrebâille pour laisser passer les spectateurs. Sur les battants de cette porte, ainsi que dans plusieurs coins et au-dessus du buffet, des affiches rouges sur lesquelles on lit : La Clorise.
Au lever du rideau, la salle est dans une demi-obscurité, vide encore. Les lustres sont baissés au milieu du parterre, attendant d'être allumés.

Scène Première

Le public, qui arrive peu à peu. CAVALIERS, BOURGEOIS, LAQUAIS, PAGES, TIRE-LAINE, LE PORTIER, etc., puis LES MARQUIS, CUIGY, BRISSAILLE, LA DISTRIBUTRICE, LES VIOLONS, etc.
On entend derrière la porte un tumulte de voix, puis un cavalier entre brusquement.

LE PORTIER, *le poursuivant*
Holà ! Vos quinze sols !

LE CAVALIER
J'entre gratis !

LE PORTIER
Pourquoi ?

LE CAVALIER
Je suis chevau-léger de la maison du Roi !

LE PORTIER, *à un autre cavalier qui vient d'entrer* :
Vous ?

DEUXIÈME CAVALIER
Je ne paye pas !

LE PORTIER
Mais…

DEUXIÈME CAVALIER
Je suis mousquetaire.

PREMIER CAVALIER, *au deuxième* :
On ne commence qu'à deux heures. Le parterre Est vide. Exerçons-nous au fleuret.
Ils font des armes avec des fleurets qu'ils ont apportés.

UN LAQUAIS, *entrant*
Pst… Flanquin…

UN AUTRE, *déjà arrivé*
Champagne ?…

LE PREMIER, *lui montrant des jeux
qu'ils sort de son pourpoint*
Cartes. Dés.
Il s'assied par terre.

LE DEUXIÈME, *même jeu* :
Oui mon coquin.

PREMIER LAQUAIS, *tirant de sa poche un bout
de chandelle qu'il allume et colle par terre :*
J'ai soustrait à mon maître un peu de luminaire.

UN GARDE, *à une bouquetière qui s'avance*
C'est gentil de venir avant que l'on éclaire !…
Il lui prend la taille.

UN DES BRETTEURS, *recevant un coup de fleuret*
Touche !

UN DES JOUEURS
Trèfle !

LE GARDE, *poursuivant la fille*
Un baiser !

LA BOUQUETIÈRE, *se dégageant*
On voit !…

LE GARDE, *l'entraînant dans les coins sombres*
Pas de danger !

UN HOMME, *s'asseyant par terre avec d'autres
porteurs de provisions de bouche*
Lorsqu'on vient en avance, on est bien pour manger.

UN BOURGEOIS, *conduisant son fils*
Plaçons-nous là, mon fils.

UN JOUEUR

Brelan d'as !

UN HOMME, *tirant une bouteille de sous
son manteau et s'asseyant aussi*

Un ivrogne
Doit boire son bourgogne...
Il boit.
... à l'hôtel de Bourgogne !

LE BOURGEOIS, *à son fils*

Ne se croirait-on pas en quelque mauvais lieu ?
Il montre l'ivrogne du bout de sa canne. Buveurs...
En rompant, un des cavaliers le bouscule. Bretteurs !
Il tombe au milieu des joueurs. Joueurs !

LE GARDE, d*errière lui, lutinant toujours la femme*

Un baiser !

LE BOURGEOIS, *éloignant vivement son fils*

Jour de Dieu !
— Et penser que c'est dans une salle pareille
Qu'on joua du Rotrou, mon fils !

LE JEUNE HOMME

Et du Corneille !

UNE BANDE DE PAGES, *se tenant par la main,
entre en farandole et chante*

Tra la la la la la la la la la lère...

LE PORTIER, *sévèrement aux pages*

Les pages, pas de farce !...

PREMIER PAGE, *avec une dignité blessée*

Oh ! Monsieur ! ce soupçon !...
Vivement au deuxième, dès que le portier a tourné le dos.
As-tu de la ficelle ?

LE DEUXIÈME

Avec un hameçon.

PREMIER PAGE
On pourra de là-haut pêcher quelque perruque.

UN TIRE-LAINE, *groupant autour de lui plusieurs
hommes de mauvaise mine*
Or çà, jeunes escrocs, venez qu'on vous éduque
Puis donc que vous volez pour la première fois...

DEUXIÈME PAGE, *criant à d'autres pages déjà
placés aux galeries supérieures*
Hep ! Avez-vous des sarbacanes ?

TROISIÈME PAGE, *d'en haut*
Et des pois !
Il souffle et les crible de pois.

LE JEUNE HOMME, *à son père*
Que va-t-on nous jouer ?

LE BOURGEOIS

Clorise

LE JEUNE HOMME

De qui est-ce ?

LE BOURGEOIS
De monsieur Balthazar Baro. C'est une pièce !...
Il remonte au bras de son fils.

LE TIRE-LAINE, *à ses acolytes*
... La dentelle surtout des canons, coupez-la !

UN SPECTATEUR, *à un autre, lui montrant une encoignure élevée*
Tenez, à la première du Cid, j'étais là !

LE TIRE-LAINE, *faisant avec ses doigts le geste de subtiliser*
Les montres...

LE BOURGEOIS, *redescendant, à son fils*
Vous verrez des acteurs très illustres...

LE TIRE-LAINE, *faisant le geste de tirer
par petites secousses furtives*
Les mouchoirs…

LE BOURGEOIS
Montfleury…

QUELQU'UN, *criant de la galerie supérieure*
Allumez donc les lustres !

LE BOURGEOIS
… Bellerose, l'Epy, la Beaupré, Jodelet !

UN PAGE, *au parterre*
Ah ! voici la distributrice !…

LA DISTRIBUTRICE, *paraissant derrière le buffet*
Oranges, lait,
Eau de framboise, aigre de cèdre…
Brouhaha à la porte.

UNE VOIX DE FAUSSET
Place, brutes !

UN LAQUAIS, *s'étonnant.*
Les marquis !… au parterre ?…

UN AUTRE LAQUAIS
Oh ! pour quelques minutes.
Entre une bande de petits marquis.

UN MARQUIS, *voyant la salle à moitié vide*
Hé quoi ! Nous arrivons ainsi que les drapiers,
Sans déranger les gens ? sans marcher sur les pieds
Ah ! fi ! fi ! fi !
Il se trouve devant d'autres gentilshommes entrés peu avant.
Cuigy ! Brissaille !
Grandes embrassades.

CUIGY
Des fidèles !…
Mais oui, nous arrivons devant que les chandelles…

LE MARQUIS
Ah ! ne m'en parlez pas ! Je suis dans une humeur…

UN AUTRE
Console-toi, marquis, car voici l'allumeur !

LA SALLE, *saluant l'entrée de l'allumeur*
Ah !…

On se groupe autour des lustres qu'il allume. Quelques personnes ont pris place aux galeries. Lignière entre au parterre, donnant le bras à Christian de Neuvillette.
Lignière, un peu débraillé, figure d'ivrogne distingué.
Christian, vêtu élégamment, mais d'une façon un peu démodée, paraît préoccupé et regarde les loges.

Scène II

LES MÊMES, CHRISTIAN, LIGNIÈRE, puis RAGUENEAU et LE BRET

CUIGY

Lignière !

BRISSAILLE, *riant*

Pas encor gris !...

LIGNIÈRE, *bas à Christian*

Je vous présente ?
Signe d'assentiment de Christian.
Baron de Neuvillette.
Saluts.

LA SALLE, *acclamant l'ascension
du premier lustre allumé*

Ah !

CUIGY, *à Brissaille, en regardant Christian*

La tête est charmante.

PREMIER MARQUIS, *qui a entendu*

Peuh !...

LIGNIÈRE, *présentant à Christian*

Messieurs de Cuigy, de Brissaille...

CHRISTIAN, *s'inclinant*

Enchanté !...

PREMIER MARQUIS, *au deuxième*

Il est assez joli, mais n'est pas ajusté
Au dernier goût.

LIGNIÈRE, *à Cuigy*

Monsieur débarque de Touraine.

CHRISTIAN
Oui, je suis à Paris depuis vingt jours à peine.
J'entre aux gardes demain, dans les cadets.

PREMIER MARQUIS, *regardant les personnes qui entrent dans les loges*
Voilà
La présidente Aubry !

LA DISTRIBUTRICE
Oranges, lait…

LES VIOLONS, *s'accordant*
La… la…

CUIGY, *à Christian lui désignant la salle qui se garnit*
Du monde !

CHRISTIAN
Et ! oui, beaucoup.

PREMIER MARQUIS
Tout le bel air !
Ils nomment les femmes à mesure qu'elles entrent, très parées, dans les loges. Envois de saluts, réponses de sourires.

DEUXIÈME MARQUIS
Mesdames
De Guéméné…

CUIGY
De Bois-Dauphin…

PREMIER MARQUIS
Que nous aimâmes…

BRISSAILLE
De Chavigny…

DEUXIÈME MARQUIS
Qui de nos cœurs va se jouant !

LIGNIÈRE
Tiens, monsieur de Corneille est arrivé de Rouen.

LE JEUNE HOMME, *à son père*
L'Académie est là ?

LE BOURGEOIS
Mais… j'en vois plus d'un membre ;
Voici Boudu, Boissat, et Cureau de la Chambre ; Porchères, Colomby,
Bourzeys, Bourdon, Arbaud…
Tous ces noms dont pas un ne mourra, que c'est beau !

PREMIER MARQUIS
Attention ! nos précieuses prennent place Barthénoïde, Urimédonte,
Cassandace, Félixérie…

DEUXIÈME MARQUIS, *se pâmant*
Ah ! Dieu ! leurs surnoms sont exquis !
Marquis, tu les sais tous ?

PREMIER MARQUIS
Je les sais tous, marquis !

LIGNIÈRE, *prenant Christian à part*
Mon cher, je suis entré pour vous rendre service
La dame ne vient pas. Je retourne à mon vice !

CHRISTIAN, *suppliant*
Non !… Vous qui chansonnez et la ville et la cour,
Restez : vous me direz pour qui je meurs d'amour.

LE CHEF DES VIOLONS, *frappant sur son pupitre,
avec son archet*
Messieurs les violons !…
Il lève son archet.

LA DISTRIBUTRICE
Macarons, citronnée…
Les violons commencent à jouer.

CHRISTIAN
J'ai peur qu'elle ne soit coquette et raffinée,

Je n'ose lui parler car je n'ai pas d'esprit...
Le langage aujourd'hui qu'on parle et qu'on écrit,
Me trouble. Je ne suis qu'un bon soldat timide.
— Elle est toujours, à droite, au fond : la loge est vide.

LIGNIÈRE, *faisant mine de sortir*
Je pars.

CHRISTIAN, *le retenant encore*
Oh ! non, restez !

LIGNIÈRE
Je ne peux. D'assoucy
M'attend au cabaret. On meurt de soif, ici.

LA DISTRIBUTRICE, *passant devant lui avec un plateau*
Orangeade ?

LIGNIÈRE
Fi !

LA DISTRIBUTRICE
Lait ?

LIGNIÈRE
Pouah !

LA DISTRIBUTRICE
Rivesaltes ?

LIGNIÈRE
Halte !
À Christian.
Je reste encor un peu. — Voyons ce rivesaltes ?
Il s'assied près du buffet. la distributrice lui verse son rivesaltes.

CRIS, *dans le public à l'entrée d'un petit homme grassouillet et réjoui*
Ah ! Ragueneau !...

LIGNIÈRE, *à Christian*
Le grand rôtisseur Ragueneau.

RAGUENEAU, *costume de pâtissier endimanché,*
s'avançant vivement vers Lignière
Monsieur, avez-vous vu monsieur de Cyrano ?

LIGNIÈRE, *présentant Ragueneau à Christian*
Le pâtissier des comédiens et des poètes !

RAGUENEAU, *se confondant*
Trop d'honneur…

LIGNIÈRE
Taisez-vous, Mécène que vous êtes !

RAGUENEAU
Oui, ces messieurs chez moi se servent…

LIGNIÈRE
À crédit.
Poète de talent lui-même…

RAGUENEAU
Ils me l'ont dit.

LIGNIÈRE
Fou de vers !

RAGUENEAU
Il est vrai que pour une odelette…

LIGNIÈRE
Vous donnez une tarte…

RAGUENEAU
Oh ! une tartelette !

LIGNIÈRE
Brave homme, il s'en excuse !… Et pour un triolet
Ne donnâtes-vous pas ?

RAGUENEAU
Des petits pains !

LIGNIÈRE, *sévèrement*

Au lait.
— Et le théâtre ! Vous l'aimez ?

RAGUENEAU

Je l'idolâtre.

LIGNIÈRE

Vous payez en gâteaux vos billets de théâtre !
Votre place, aujourd'hui, là, voyons, entre nous,
Vous a coûté combien ?

RAGUENEAU

Quatre flans. Quinze choux.
Il regarde de tous côtés.
Monsieur de Cyrano n'est pas là ? Je m'étonne.

LIGNIÈRE

Pourquoi ?

RAGUENEAU

Montfleury joue !

LIGNIÈRE

En effet, cette tonne
Va nous jouer ce soir le rôle de Phédon.
Qu'importe à Cyrano ?

RAGUENEAU

Mais vous ignorez donc ?
Il fit à Montfleury, messieurs, qu'il prit en haine,
Défense, pour un mois, de reparaître en scène.

LIGNIÈRE, *qui en est à son quatrième petit verre*

Eh bien ?

RAGUENEAU

Montfleury joue !

CUIGY, *qui s'est rapproché de son groupe*

Il n'y peut rien.

RAGUENEAU

Oh ! oh !
Moi, je suis venu voir !

PREMIER MARQUIS

Quel est ce Cyrano ?

CUIGY

C'est un garçon versé dans les colichemardes.

DEUXIÈME MARQUIS

Noble ?

CUIGY

Suffisamment. Il est cadet aux gardes.
Montrant un gentilhomme qui va et vient dans la salle comme s'il cherchait quelqu'un.
Mais son ami Le Bret peut vous dire…
Il appelle.
Le Bret !
Vous cherchez Bergerac ?

LE BRET

Oui, je suis inquiet !…

CUIGY

N'est-ce pas que cet homme est des moins ordinaires ?

LE BRET, *avec tendresse*

Ah ! c'est le plus exquis des êtres sublunaires !

RAGUENEAU

Rimeur !

CUIGY

Bretteur !

BRISSAILLE

Physicien !

LE BRET

Musicien !

LIGNIÈRE

Et quel aspect hétéroclite que le sien !

RAGUENEAU

Certes, je ne crois pas que jamais nous le peigne
Le solennel monsieur Philippe de Champaigne ; Mais bizarre, excessif, extravagant, falot,
Il eût fourni, je pense, à feu Jacques Callot
Le plus fol spadassin à mettre entre ses masques
Feutre à panache triple et pourpoint à six basques,
Cape, que par-derrière, avec pompe, l'estoc
Lève, comme une queue insolente de coq,
Plus fier que tous les Artabans dont la Gascogne
Fut et sera toujours l'alme Mère Gigogne,
Il promène, en sa fraise à la Pulcinella,
Un nez !... Ah ! Messeigneurs, quel nez que ce nez-là !...
On ne peut voir passer un pareil nasigère
Sans s'écrier : « Oh ! non, vraiment, il exagère ! »
Puis on sourit, on dit : « Il va l'enlever... » Mais
Monsieur de Bergerac ne l'enlève jamais.

LE BRET, *hochant la tête*

Il le porte, — et pourfend quiconque le remarque !

RAGUENEAU, *fièrement*

Son glaive est la moitié des ciseaux de la Parque !

PREMIER MARQUIS, *haussant les épaules*

Il ne viendra pas !

RAGUENEAU

Si !... Je parie un poulet
À la Rageneau !

LE MARQUIS, *riant*

Soit !

Rumeurs d'admirâtion dans la salle. Roxane vient de paraître dans sa loge. Elle s'assied sur le devant, sa duègne prend place au fond. Christian, occupé à payer la distributrice, ne regarde pas.

DEUXIÈME MARQUIS, *avec des petits cris*
Ah ! Messieurs ! mais elle est
Épouvantablement ravissante !

PREMIER MARQUIS
Une pêche
Qui sourirait avec une fraise !

DEUXIÈME MARQUIS
Et si fraîche
Qu'on pourrait, l'approchant, prendre un rhume de cœur !

CHRISTIAN, *lève la tête, aperçoit Roxane, et saisit vivement Lignière par le bras*
C'est elle !

LIGNIÈRE, *regardant*
Ah ! c'est elle ?...

CHRISTIAN
Oui. Dites vite. J'ai peur.

LIGNIÈRE, *dégustant son rivesaltes à petits coups Magdeleine Robin, dite Roxane.*
Fine. Précieuse.

CHRISTIAN
Hélas !

LIGNIÈRE
Libre. Orpheline. Cousine
De Cyrano, — dont on parlait...
À ce moment, un seigneur très élégant, le cordon bleu en sautoir, entre dans la loge et, debout, cause un instant avec Roxane.

CHRISTIAN, *tressaillant*
Cet homme ?...

LIGNIÈRE, *qui commence à être gris, clignant de l'œil*
Hé ! hé !...
— Comte de Guiche. Épris d'elle. Mais marié
À la nièce d'Armand de Richelieu. Désire

Faire épouser Roxane à certain triste sire,
Un monsieur de Valvert, vicomte… et complaisant.
Elle n'y souscrit pas, mais de Guiche est puissant
Il peut persécuter une simple bourgeoise.
D'ailleurs j'ai dévoilé sa manœuvre sournoise
Dans une chanson qui… Ho ! il doit m'en vouloir !
— La fin était méchante… Écoutez…
Il se lève en titubant, le verre haut, prêt à chanter.

CHRISTIAN

Non.
Bonsoir.

LIGNIÈRE

Vous allez ?

CHRISTIAN

Chez monsieur de Valvert !

LIGNIÈRE

Prenez garde
C'est lui qui vous tuera !
Lui désignant du coin de l'œil Roxane.
Restez. On vous regarde.

CHRISTIAN

C'est vrai !
Il reste en contemplation. Le groupe de tire-laine, à partir de ce moment, le voyant la tête en l'air et bouche bée, se rapproche de lui.

LIGNIÈRE

C'est moi qui pars. J'ai soif ! Et l'on m'attend
— Dans des tavernes !
Il sort en zigzaguant.

LE BRET, *qui a fait le tour de la salle, revenant vers Ragueneau, d'une voix rassurée*

Pas de Cyrano.

RAGUENEAU, *incrédule*

Pourtant…

LE BRET
Ah ! je veux espérer qu'il n'a pas vu l'affiche !

LA SALLE
Commencez ! Commencez !

Scène III

LES MÊMES, moins LIGNIÈRE ; DE GUICHE, VALVERT, puis MONTFLEURY.

UN MARQUIS, *voyant de Guiche, qui descend de la loge de Roxane, traverse le parterre, entouré de seigneurs obséquieux, parmi lesquels le vicomte de Valvert*

Quelle cour, ce de Guiche !

UN AUTRE

Fi !… Encore un Gascon !

LE PREMIER

Le Gascon souple et froid,
Celui qui réussit !… Saluons-le, crois-moi.
Ils vont vers de Guiche.

DEUXIÈME MARQUIS

Les beaux rubans ! Quelle couleur, comte de Guiche ?
Baise-moi-ma-mignonne ou bien Ventre-de-biche ?

DE GUICHE

C'est couleur Espagnol malade.

PREMIER MARQUIS

La couleur
Ne ment pas, car bientôt, grâce à votre valeur,
L'Espagnol ira mal, dans les Flandres !

DE GUICHE

Je monte
Sur scène. Venez-vous ?
Il se dirige suivi de tous les marquis et gentilshommes vers le théâtre. Il se retourne et appelle.
Viens, Valvert !

CHRISTIAN, *qui les écoute et les observe, tressaille en entendant ce nom*

Le vicomte !

Ah ! je vais lui jeter à la face mon...
Il met la main dans sa poche, et y rencontre celle d'un tire-laine en train de le dévaliser. Il se retourne.
Hein ?

LE TIRE-LAINE
Ay !...

CHRISTIAN, *sans le lâcher*
Je cherchais un gant !

LE TIRE-LAINE, *avec un sourire piteux*
Vous trouvez une main.
Changeant de ton, bas et vite.
Lâchez-moi. Je vous livre un secret.

CHRISTIAN, *le tenant toujours*
Quel ?

LE TIRE-LAINE
Lignière...
Qui vous quitte...

CHRISTIAN, *de même*
Eh ! bien ?

LE TIRE-LAINE
... touche à son heure dernière.
Une chanson qu'il fit blessa quelqu'un de grand,
Et cent hommes — j'en suis — ce soir sont postés !...

CHRISTIAN
Cent !
Par qui ?

LE TIRE-LAINE
Discrétion...

CHRISTIAN, *haussant les épaules*
Oh !

LE TIRE-LAINE, *avec beaucoup de dignité*
Professionnelle !

CHRISTIAN

Où seront-ils postés ?

LE TIRE-LAINE

À la porte de Nesle.
Sur son chemin. Prévenez-le !

CHRISTIAN, *qui lui lâche enfin le poignet*
Mais où le voir !

LE TIRE-LAINE

Allez courir tous les cabarets : le Pressoir
D'Or, la Pomme de Pin, la Ceinture qui craque,
Les Deux Torches, les Trois Entonnoirs, — et dans chaque,
Laissez un petit mot d'écrit l'avertissant.

CHRISTIAN

Oui, je cours ! Ah ! les gueux ! Contre un seul homme, cent !
Regardant Roxane avec amour.
La quitter… elle !
Avec fureur, Valvert.
Et lui !… — Mais il faut que je sauve
Lignière !…
Il sort en courant. — De Guiche, le vicomte, les marquis, tous les gentilshommes ont disparu derrière le rideau pour prendre place sur les banquettes de la scène. Le parterre est complètement rempli. Plus une place vide aux galeries et aux loges.

LA SALLE

Commencez.

UN BOURGEOIS, *dont la perruque s'envole au bout d'une ficelle, pêchée par un page de la galerie supérieure*
Ma perruque !

CRIS DE JOIE

Il est chauve !…
Bravo, les pages ! Ha ! ha ! ha !…

LE BOURGEOIS, *furieux, montrant le poing*
Petit gredin !

RIRES ET CRIS, *qui commencent très fort et vont décroissant*
Ha ! ha ! ha ! ha ! ha ! ha !
Silence complet.

LE BRET, *étonné*
Ce silence soudain ?...
Un spectateur lui parle bas.
Ah ?...

LE SPECTATEUR
La chose me vient d'être certifiée.

MURMURES, *qui courent*
Chut ! — Il paraît ?... — Non !... — Si ! — Dans la loge grillée.
— Le Cardinal ! — Le Cardinal ? — Le Cardinal !

UN PAGE
Ah ! diable, on ne va pas pouvoir se tenir mal !...
On frappe sur la scène. Tout le monde s'immobilise. Attente.

LA VOIX D'UN MARQUIS, *dans le silence, derrière le rideau*
Mouchez cette chandelle !

UN AUTRE MARQUIS, *passant la tête par la fente du rideau*
Une chaise !
Une chaise est passée, de main en main, au-dessus des têtes. Le marquis la prend et disparaît, non sans avoir envoyé quelques baisers aux loges.

UN SPECTATEUR
Silence !
On refrappe les trois coups. Le rideau s'ouvre. Tableau. Les marquis assis sur les côtés, dans des poses insolentes.
Toile de fond représentant un décor bleuâtre de pastorale.
Quatre petits lustres de cristal éclairent la scène. Les violons jouent doucement.

LE BRET, *à Ragueneau, bas*
Montfleury entre en scène ?

RAGUENEAU, *bas aussi*

Oui, c'est lui qui commence.

LE BRET

Cyrano n'est pas là.

RAGUENEAU

J'ai perdu mon pari.

LE BRET

Tant mieux ! tant mieux !
On entend un air de musette, et Montfleury paraît en scène, énorme, dans un costume de berger de pastorale, un chapeau garni de roses penché sur l'oreille, et soufflant dans une cornemuse enrubannée.

LE PARTERRE, *applaudissant*

Bravo, Montfleury ! Montfleury !

MONTFLEURY, *après avoir salué, jouant le rôle de Phédon*

« Heureux qui loin des cours, dans un lieu solitaire,
Se prescrit à soi-même un exil volontaire,
Et qui, lorsque Zéphire a soufflé sur les bois... »

UNE VOIX, *au milieu du parterre*

Coquin, ne t'ai-je pas interdit pour un mois ?

VOIX DIVERSES

Hein ? — Quoi ? — Qu'est-ce ?...
On se lève dans les loges, pour voir.

CUIGY

C'est lui !

LE BRET, *terrifié*

Cyrano !

LA VOIX

Roi des pitres,
Hors de scène à l'instant !

TOUTE LA SALLE, *indignée*

Oh !

MONTFLEURY
Mais…

LA VOIX
Tu récalcitres ?

VOIX DIVERSES, *du parterre, des loges*
Chut ! — Assez ! — Montfleury jouez ! — Ne craignez rien !…

MONTFLEURY, *d'une voix mal assurée*
« Heureux qui loin des cours dans un lieu sol… »

LA VOIX, *plus menaçante*
Eh bien ?
Faudra-t-il que je fasse, ô Monarque des drôles,
Une plantation de bois sur vos épaules ?
Une canne au bout d'un bras jaillit au-dessus des têtes.

MONTFLEURY, *d'une voix de plus en plus faible*
« Heureux qui… »
La canne s'agite.

LA VOIX
Sortez !

LE PARTERRE
Oh !

MONTFLEURY, *s'étranglant*
« Heureux qui loin des cours… »

CYRANO, *surgissant du parterre, debout sur une chaise, les bras croisés, le feutre en bataille, la moustache hérissée, le nez terrible*
Ah ! je vais me fâcher !…
Sensation à sa vue.

Scène IV

LES MÊMES, CYRANO, puis BELLEROSE, JODELET

MONTFLEURY, *aux marquis*

Venez à mon secours,
Messieurs !

UN MARQUIS, *nonchalamment*

Mais jouez donc !

CYRANO

Gros homme, si tu joues
Je vais être obligé de te fesser les joues !

LE MARQUIS

Assez !

CYRANO

Que les marquis se taisent sur leurs bancs,
Ou bien je fais tâter ma canne à leurs rubans !

TOUS LES MARQUIS, *debout*

C'en est trop !… Montfleury…

CYRANO

Que Montfleury s'en aille,
Ou bien je l'essorille et le désentripaille !

UNE VOIX

Mais…

CYRANO

Qu'il sorte !

UNE AUTRE VOIX

Pourtant…

CYRANO

Ce n'est pas encor fait ?

Avec le geste de retrousser ses manches.
Bon ! je vais sur la scène en guise de buffet,
Découper cette mortadelle d'Italie !

MONTFLEURY, *rassemblant toute sa dignité*
En m'insultant, Monsieur, vous insultez Thalie !

CYRANO, *très poli*
Si cette Muse, à qui, Monsieur, vous n'êtes rien,
Avait l'honneur de vous connaître, croyez bien
Qu'en vous voyant si gros et bête comme une urne,
Elle vous flanquerait quelque part son cothurne.

LE PARTERRE
Montfleury ! Montfleury ! — La pièce de Baro ! —

CYRANO, *à ceux qui crient autour de lui*
Je vous en prie, ayez pitié de mon fourreau
Si vous continuez, il va rendre sa lame !
Le cercle s'élargit.

LA FOULE, *reculant*
Hé ! la !…

CYRANO, *à Montfleury*
Sortez de scène !

LA FOULE, *se rapprochant et grondant*
Oh ! oh !

CYRANO, *se retournant vivement*
Quelqu'un réclame ?
Nouveau recul.

UNE VOIX, *chantant au fond*
Monsieur de Cyrano
Vraiment nous tyrannise,
Malgré ce tyranneau
On jouera la Clorise.

TOUTE LA SALLE, *chantant*
La Clorise, la Clorise !…

CYRANO

Si j'entends une fois encor cette chanson,
Je vous assomme tous.

UN BOURGEOIS

Vous n'êtes pas Samson !

CYRANO

Voulez-vous me prêter, Monsieur, votre mâchoire ?

UNE DAME, *dans les loges*

C'est inouï !

UN SEIGNEUR

C'est scandaleux !

UN BOURGEOIS

C'est vexatoire !

UN PAGE

Ce qu'on s'amuse !

LE PARTERRE

Kss ! — Montfleury ! — Cyrano !

CYRANO

Silence !

LE PARTERRE, *en délire*

Hi han ! Bêê ! Ouah, ouah ! Cocorico !

CYRANO

Je vous…

UN PAGE

Miâou !

CYRANO

Je vous ordonne de vous taire !
Et j'adresse un défi collectif au parterre !
— J'inscris les noms ! — Approchez-vous, jeunes héros !
Chacun son tour ! Je vais donner des numéros ! —

Allons, quel est celui qui veut ouvrir la liste ?
Vous, Monsieur ? Non ! Vous ? Non ! Le premier duelliste,
Je l'expédie avec les honneurs qu'on lui doit !
— Que tous ceux qui veulent mourir lèvent le doigt.
Silence
La pudeur vous défend de voir ma lame nue ?
Pas un nom ? — Pas un doigt ? — C'est bien. Je continue.
Se retournant vers la scène où Montfleury attend avec angoisse.
Donc, je désire voir le théâtre guéri
De cette fluxion. Sinon…
La main à son épée.
Le bistouri !

MONTFLEURY
Je…

CYRANO, *descend de sa chaise, s'assied au milieu du rond qui s'est formé, s'installe comme chez lui*
Mes mains vont frapper trois claques, pleine lune !
Vous vous éclipserez à la troisième.

LE PARTERRE, *amusé*
Ah ?…

CYRANO, *frappant dans ses mains*
Une !

MONTFLEURY
Je…

UNE VOIX, *des loges*
Restez !

LE PARTERRE
Restera… restera pas…

MONTFLEURY
Je crois,
Messieurs…

CYRANO
Deux !

MONTFLEURY
Je suis sûr qu'il vaudrait mieux que…

CYRANO
Trois !
Montfleury disparaît comme dans une trappe. Tempête de rires, et sifflets de huées.

LA SALLE
Hu !… hu !… Lâche !… Reviens !…

CYRANO, *épanoui, se renverse sur sa chaise et croise ses jambes*
Qu'il revienne, s'il ose !

UN BOURGEOIS
L'orateur de la troupe !
Bellerose s'avance et salue.

LES LOGES
Ah !… Voilà Bellerose !

BELLEROSE, *avec élégance*
Nobles seigneurs…

LE PARTERRE
Non ! Non ! Jodelet !

JODELET, *s'avance, et, nasillard*
Tas de veaux !

LE PARTERRE
Ah ! Ah ! Bravo ! très bien ! bravo !

JODELET
Pas de bravos !
Le gros tragédien dont vous aimez le ventre
S'est senti…

LE PARTERRE
C'est un lâche !

JODELET

Il dut sortir !

LE PARTERRE

Qu'il rentre !

LES UNS

Non !

LES AUTRES

Si !

UN JEUNE HOMME, *à Cyrano*
Mais à la fin, monsieur, quelle raison
Avez-vous de haïr Montfleury ?

CYRANO, *gracieux, toujours assis*
Jeune oison,
J'ai deux raisons, dont chaque est suffisante seule.
Primo : c'est un acteur déplorable, qui gueule,
Et qui soulève avec des han ! de porteur d'eau,
Le vers qu'il faut laisser s'envoler !-Secundo
Est mon secret...

LE VIEUX BOURGEOIS, *derrière lui*
Mais vous nous privez sans scrupule
De la Clorise ! Je m'entête...

CYRANO, *tournant sa chaise vers le bourgeois, respectueusement*
Vieille mule,
Les vers du vieux Baro valant moins que zéro,
J'interromps sans remords !

LES PRÉCIEUSES, *dans les loges*
Ha ! — Ho ! — Notre Baro !
Ma chère ! — Peut-on dire ?... Ah ! Dieu !...

CYRANO, *tournant sa chaise vers les loges, galant*
Belles personnes,
Rayonnez, fleurissez, soyez des échansonnes
De rêve, d'un sourire enchantez un trépas,
Inspirez-nous des vers... mais ne les jugez pas !

BELLEROSE
Et l'argent qu'il va falloir rendre !

CYRANO, *tournant sa chaise vers la scène*
Bellerose,
Vous avez dit la seule intelligente chose !
Au manteau de Thespis je ne fais pas de trous
Il se lève, et lançant un sac sur la scène.
Attrapez cette bourse au vol, et taisez-vous !

LA SALLE, *éblouie*
Ah !… Oh !…

JODELET, *ramassant prestement la bourse et la soupesant*
À ce prix-là, monsieur, je t'autorise
À venir chaque jour empêcher la Clorise !…

LA SALLE
Hu !… Hu !…

JODELET
Dussions-nous même ensemble être hués !…

BELLEROSE
Il faut évacuer la salle !…

JODELET
Évacuez !…
On commence à sortir, pendant que Cyrano regarde d'un air satisfait. Mais la foule s'arrête bientôt en entendant la scène suivante, et la sortie cesse. Les femmes qui, dans les loges, étaient déjà debout, leur manteau remis, s'arrêtent pour écouter, et finissent par se rasseoir.

LE BRET, *à Cyrano*
C'est fou !…

UN FÂCHEUX, *qui s'est approché de Cyrano*
Le comédien Montfleury ! Quel scandale !
Mais il est protégé par le duc de Candale !
Avez-vous un patron ?

CYRANO
Non !

LE FÂCHEUX
Vous n'avez pas ?...

CYRANO
Non !

LE FÂCHEUX
Quoi, pas un grand seigneur pour couvrir de son nom ?...

CYRANO, *agacé*
Non, ai-je dit deux fois. Faut-il donc que je trisse ?
Non pas de protecteur...
La main à son épée.
Mais une protectrice !

LE FÂCHEUX
Mais vous allez quitter la ville ?

CYRANO
C'est selon.

LE FÂCHEUX
Mais le duc de Candale a le bras long !

CYRANO
Moins long
Que n'est le mien...
Montrant son épée quand je lui mets cette rallonge !

LE FÂCHEUX
Mais vous ne songez pas à prétendre...

CYRANO
J'y songe.

LE FÂCHEUX
Mais...

CYRANO

Tournez les talons, maintenant.

LE FÂCHEUX

Mais…

CYRANO

Tournez !
— Ou dites-moi pourquoi vous regardez mon nez.

LE FÂCHEUX, *ahuri*

Je…

CYRANO, *marchant sur lui*

Qu'a-t-il d'étonnant ?

LE FÂCHEUX, *reculant*

Votre Grâce se trompe…

CYRANO

Est-il mol et ballant, monsieur, comme une trompe ?…

LE FÂCHEUX, *même jeu*

Je n'ai pas…

CYRANO

Ou crochu comme un bec de hibou ?

LE FÂCHEUX

Je…

CYRANO

Y distingue-t-on une verrue au bout ?

LE FÂCHEUX

Mais…

CYRANO

Ou si quelque mouche, à pas lents, s'y promène ?
Qu'a-t-il d'hétéroclite ?

LE FÂCHEUX
Oh !…

CYRANO
Est-ce un phénomène ?

LE FÂCHEUX
Mais d'y porter les yeux, j'avais su me garder !

CYRANO
Et pourquoi, s'il vous plaît, ne pas le regarder ?

LE FÂCHEUX
J'avais…

CYRANO
Il vous dégoûte alors ?

LE FÂCHEUX
Monsieur…

CYRANO
Malsaine
Vous semble sa couleur ?

LE FÂCHEUX
Monsieur !

CYRANO
Sa forme, obscène ?

LE FÂCHEUX
Mais du tout !…

CYRANO
Pourquoi donc prendre un air dénigrant ?
— Peut-être que monsieur le trouve un peu trop grand ?

LE FÂCHEUX, *balbutiant*
Je le trouve petit, tout petit, minuscule !

CYRANO
Hein ? comment ? m'accuser d'un pareil ridicule ?
Petit, mon nez ? Hola !

LE FÂCHEUX
Ciel !

CYRANO
Énorme, mon nez !
— Vil camus, sot camard, tête plate, apprenez
Que je m'enorgueillis d'un pareil appendice,
Attendu qu'un grand nez est proprement l'indice
D'un homme affable, bon, courtois, spirituel,
Libéral, courageux, tel que je suis, et tel
Qu'il vous est interdit à jamais de vous croire,
Déplorable maraud ! car la face sans gloire
Que va chercher ma main en haut de votre col,
Est aussi dénuée…
Il le soufflette.

LE FÂCHEUX
Aï !

CYRANO
De fierté, d'envol,
De lyrisme, de pittoresque, d'étincelle,
De somptuosité, de Nez enfin, que celle…
Il le retourne par les épaules, joignant le geste à la parole.
Que va chercher ma botte au bas de votre dos !

LE FÂCHEUX, *se sauvant*
Au secours ! À la garde !

CYRANO
Avis donc aux badauds
Qui trouveraient plaisant mon milieu de visage,
Et si le plaisantin est noble, mon usage
Est de lui mettre, avant de le laisser s'enfuir,
Par-devant, et plus haut, du fer, et non du cuir !

DE GUICHE, *qui est descendu de la scène, avec les marquis*
Mais à la fin il nous ennuie !

LE VICOMTE DE VALVERT, *haussant les épaules*
Il fanfaronne !

DE GUICHE
Personne ne va donc lui répondre ?...

LE VICOMTE
Personne ?
Attendez ! Je vais lui lancer un de ces traits !...
Il s'avance vers Cyrano qui l'observe, et se campant devant lui d'un air fat.
Vous... vous avez un nez... heu... un nez... très grand.

CYRANO, *gravement*
Très.

LE VICOMTE, *riant*
Ha !

CYRANO, *imperturbable*
C'est tout ?...

LE VICOMTE
Mais...

CYRANO
Ah ! non ! c'est un peu court, jeune homme !
On pouvait dire... Oh ! Dieu !... bien des choses en somme...
En variant le ton, — par exemple, tenez
Agressif : « Moi, monsieur, si j'avais un tel nez,
Il faudrait sur-le-champs que je me l'amputasse ! »
Amical : « Mais il doit tremper dans votre tasse
Pour boire, faites-vous fabriquer un hanap ! »
Descriptif : « C'est un roc !... c'est un pic !... c'est un cap !
Que dis-je, c'est un cap ?... C'est une péninsule ! »
Curieux : « De quoi sert cette oblongue capsule ?
D'écritoire, monsieur, ou de boîtes à ciseaux ? »
Gracieux : « Aimez-vous à ce point les oiseaux
Que paternellement vous vous préoccupâtes
De tendre ce perchoir à leurs petites pattes ? »
Truculent : « Ça, monsieur, lorsque vous pétunez,
La vapeur du tabac vous sort-elle du nez

Sans qu'un voisin ne crie au feu de cheminée ? »
Prévenant : « Gardez-vous, votre tête entraînée
Par ce poids, de tomber en avant sur le sol ! »
Tendre : « Faites-lui faire un petit parasol
De peur que sa couleur au soleil ne se fane ! »
Pédant : « L'animal seul, monsieur, qu'Aristophane
Appelle Hippocampelephantocamélos
Dut avoir sous le front tant de chair sur tant d'os ! »
Cavalier : « Quoi, l'ami, ce croc est à la mode ?
Pour pendre son chapeau, c'est vraiment très commode ! »
Emphatique : « Aucun vent ne peut, nez magistral,
T'enrhumer tout entier, excepté le mistral ! »
Dramatique : « C'est la Mer Rouge quand il saigne ! »
Admiratif : « Pour un parfumeur, quelle enseigne ! »
Lyrique : « Est-ce une conque, êtes-vous un triton ? »
Naïf : « Ce monument, quand le visite-t-on ? »
Respectueux : « Souffrez, monsieur, qu'on vous salue,
C'est là ce qui s'appelle avoir pignon sur rue ! »
Campagnard : « Hé, ardé ! C'est-y un nez ? Nanain !
C'est queuqu'navet géant ou ben queuqu'melon nain ! »
Militaire : « Pointez contre cavalerie ! »
Pratique : « Voulez-vous le mettre en loterie ?
Assurément, monsieur, ce sera le gros lot ! »
Enfin parodiant Pyrame en un sanglot
« Le voilà donc ce nez qui des traits de son maître
A détruit l'harmonie ! Il en rougit, le traître ! »
— Voilà ce qu'à peu près, mon cher, vous m'auriez dit
Si vous aviez un peu de lettres et d'esprit
Mais d'esprit, ô le plus lamentable des êtres,
Vous n'en eûtes jamais un atome, et de lettres
Vous n'avez que les trois qui forment le mot : sot !
Eussiez-vous eu, d'ailleurs, l'invention qu'il faut
Pour pouvoir là, devant ces nobles galeries,
Me servir toutes ces folles plaisanteries,
Que vous n'en eussiez pas articulé le quart
De la moitié du commencement d'une, car
Je me les sers moi-même, avec assez de verve,
Mais je ne permets pas qu'un autre me les serve.

DE GUICHE, *voulant emmener le vicomte pétrifié*
Valvert, laissez donc !

LE VICOMTE, *suffoqué*
Ces grands airs arrogants !
Un hobereau qui… qui… n'a même pas de gants !
Et qui sort sans rubans, sans bouffettes, sans ganses !

CYRANO
Moi, c'est moralement que j'ai mes élégances.
Je ne m'attife pas ainsi qu'un freluquet,
Mais je suis plus soigné si je suis moins coquet ;
Je ne sortirais pas avec, par négligence,
Un affront pas très bien lavé, la conscience
Jaune encore de sommeil dans le coin de son œil,
Un honneur chiffonné, des scrupules en deuil.
Mais je marche sans rien sur moi qui ne reluise,
Empanaché d'indépendance et de franchise ;
Ce n'est pas une taille avantageuse, c'est
Mon âme que je cambre ainsi qu'en un corset,
Et tout couvert d'exploits qu'en rubans je m'attache,
Retroussant mon esprit ainsi qu'une moustache,
Je fais, en traversant les groupes et les ronds,
Sonner les vérités comme des éperons.

LE VICOMTE
Mais, monsieur…

CYRANO
Je n'est pas de gants ?… La belle affaire !
Il m'en restait un seul d'une très vieille paire !
— Lequel m'était d'ailleurs encor fort importun
Je l'ai laissé dans la figure de quelqu'un.

LE VICOMTE
Maraud, faquin, butor de pied plat ridicule.

CYRANO, *ôtant son chapeau et saluant comme si le vicomte venait de se présenter*
Ah ?… Et moi, Cyrano-Savinien-Hercule
De Bergerac.
Rires.

LE VICOMTE, *exaspéré*

Bouffon !

CYRANO, *poussant un cri comme lorsqu'on est saisi d'une crampe*

Ay !…

LE VICOMTE, *qui remontait, se retournant*

Qu'est-ce encor qu'il dit ?

CYRANO, a*vec des grimaces de douleur*

Il faut la remuer car elle s'engourdit…
— Ce que c'est que de la laisser inoccupée !
— Ay !…

LE VICOMTE

Qu'avez-vous ?

CYRANO

J'ai des fourmis dans mon épée !

LE VICOMTE, *tirant la sienne*

Soit !

CYRANO

Je vais vous donnez un petit coup charmant.

LE VICOMTE, *méprisant*

Poète !…

CYRANO

Oui, monsieur, poète ! et tellement,
Qu'en ferraillant je vais — hop ! — à l'improvisade,
Vous composer une ballade.

LE VICOMTE

Une ballade ?

CYRANO

Vous ne vous doutez pas de ce que c'est, je crois ?

LE VICOMTE

Mais…

CYRANO, *récitant comme une leçon*
La ballade, donc, se compose de trois
Couplets de huit vers...

LE VICOMTE, *piétinant*
Oh !

CYRANO, *continuant*
Et d'un envoi de quatre...

LE VICOMTE
Vous...

CYRANO
Je vais tout ensemble en faire une et me battre,
Et vous toucher, monsieur, au dernier vers.

LE VICOMTE
Non !

CYRANO
Non ?
Déclamant
« Ballade du duel qu'en l'hôtel bourguignon
Monsieur de Bergerac eut avec un bélître ! »

LE VICOMTE
Qu'est-ce que ça, s'il vous plaît ?

CYRANO
C'est le titre.

LA SALLE, *surexcitée au plus haut point*
Place ! — Très amusant ! — Rangez-vous ! — Pas de bruits !
Tableau. Cercle de curieux au parterre, les marquis et les officiers mêlés aux bourgeois et aux gens du peuple ; les pages grimpés sur des épaules pour mieux voir. Toutes les femmes debout dans les loges. À droite, De Guiche et ses gentilshommes. A gauche, Le Bret, Ragueneau, Cuigy, etc.

CYRANO, *fermant une seconde les yeux*
Attendez !... je choisis mes rimes... Là, j'y suis.

Il fait ce qu'il dit, à mesure.
Je jette avec grâce mon feutre,
Je fais lentement l'abandon
Du grand manteau qui me calfeutre,
Et je tire mon espadon ;
Élégant comme Céladon,
Agile comme Scaramouche,
Je vous préviens, cher Mirmydon,
Qu'à la fin de l'envoi je touche !
Premiers engagements de fer.
Vous auriez bien dû rester neutre ;
Où vais-je vous larder, dindon ?…
Dans le flanc, sous votre maheutre ?…
Au cœur, sous votre bleu cordon ?…
— Les coquilles tintent, ding-don !
Ma pointe voltige : une mouche !
Décidément… c'est au bedon,
Qu'à la fin de l'envoi je touche.
Il me manque une rime en eutre…
Vous rompez, plus blanc qu'amidon ?
C'est pour me fournir le mot pleutre !
— Tac ! je pare la pointe dont
Vous espériez me faire don : —
J'ouvre la ligne, — je la bouche…
Tiens bien ta broche, Laridon !
À la fin de l'envoi, je touche
Il annonce solennellement
ENVOI
Prince, demande à Dieu pardon !
Je quarte du pied, j'escarmouche,
je coupe, je feinte…
Se fendant.
Hé ! là donc
Le vicomte chancelle ; Cyrano salue.
À la fin de l'envoi, je touche.

Acclamations. Applaudissements dans les loges. Des fleurs et des mouchoirs tombent. Les officiers entourent et félicitent Cyrano. Ragueneau danse d'enthousiasme. Le Bret est heureux et navré. Les amis du vicomte le soutiennent et l'emmènent.

LA FOULE, *en un long cri*
Ah !...

UN CHEVAU-LEGER
Superbe !

UNE FEMME
Joli !

RAGUENEAU
Pharamineux !

UN MARQUIS
Nouveau !...

LE BRET
Insensé !
Bousculade autour de Cyrano. On entend
... Compliments... Félicite... bravo...

VOIX DE FEMME
C'est un héros !...

UN MOUSQUETAIRE, *s'avançant vivement vers Cyrano,
la main tendue*
Monsieur, voulez-vous me permettre ?...
C'est tout à fait très bien, et je crois m'y connaître ;
J'ai du reste exprimé ma joie en trépignant !...
Il s'éloigne.

CYRANO, *à Cuigy*
Comment s'appelle donc ce monsieur ?

CUIGY
D'Artagnan.

LE BRET, *à Cyrano, lui prenant le bras*
Ça, causons !...

CYRANO
Laisse un peu sortir cette cohue...
À Bellerose.

Je peux rester ?

BELLEROSE, *respectueusement*

Mais oui !…
On entend des cris au-dehors.

JODELET, *qui a regardé*

C'est Montfleury qu'on hue !

BELLEROSE, *solennellement*

Sic transit !…
Changeant de ton, au portier et au moucheur de chandelles.
Balayer. Fermer. N'éteignez pas.
Nous allons revenir après notre repas.
Répéter pour demain une nouvelle farce.
Jodelet et Bellerose sortent, après de grands saluts à Cyrano.

LE PORTIER, *à Cyrano*

Vous ne dînez donc pas ?

CYRANO

Moi ?… Non.
Le portier se retire.

LE BRET, *à Cyrano*

Parce que ?

CYRANO, *fièrement*

Parce…
Changeant de ton, en voyant que le portier est loin.
Que je n'ai pas d'argent !…

LE BRET, *faisant le geste de lancer un sac*

Comment ! le sac d'écus ?…

CYRANO

Pension paternelle, en un jour, tu vécus !

LE BRET

Pour vivre tout un mois, alors ?…

CYRANO

Rien ne me reste.

LE BRET

Jeter ce sac, quelle sottise !

CYRANO

Mais quel geste !...

LA DISTRIBUTRICE, *toussant derrière son petit comptoir*
Hum !...
Cyrano et le Bret se retournent. Elle s'avance intimidée.
Monsieur... Vous savoir jeûner... le cœur me fend...
Montrant le buffet.
J'ai là tout ce qu'il faut...
Avec élan.
Prenez !

CYRANO, *se découvrant*
Ma chère enfant,
Encor que mon orgueil de Gascon m'interdise
D'accepter de vos doigts la moindre friandise,
J'ai trop peur qu'un refus ne vous soit un chagrin,
Et j'accepterais donc...
Il va au buffet et choisit.
Oh ! peu de chose ! — Un grain de ce raisin...
Elle veut lui donner la grappe, il cueille un grain.
Un seul !... Ce verre d'eau...
Elle veut y verser du vin, il l'arrête.
Limpide !
— Et la moitié d'un macaron !
Il rend l'autre moitié.

LE BRET

Mais c'est stupide !

LA DISTRIBUTRICE

Oh ! quelque chose encor !

CYRANO

La main à baiser.
Il baise, comme la main d'une princesse, la main qu'elle lui tend.

LA DISTRIBUTRICE

Merci, monsieur.
Révérence.
Bonsoir.
Elle sort.

Scène V

CYRANO, LE BRET, puis LE PORTIER.

CYRANO, *à Le Bret*
Je t'écoute causer.
Il s'installe devant le buffet et rangeant devant lui le macaron.
Dîner !…
… le verre d'eau.
Boisson !…
… le grain de raisin.
Dessert !…
Il s'assied.
Là, je me mets à table !
— Ah !… j'avais une faim, mon cher, épouvantable !
Mangeant.
— Tu disais ?

LE BRET
Que ces fats aux grands airs belliqueux
Te fausseront l'esprit si tu n'écoutes qu'eux !…
Va consulter des gens de bon sens, et t'informe
De l'effet qu'a produit ton algarade.

CYRANO, *achevant son macaron*
Énorme.

LE BRET
Le Cardinal

CYRANO, *s'épanouissant*
Il était là, le Cardinal ?

LE BRET
A dû trouver cela…

CYRANO
Mais très original.

LE BRET
Pourtant…

CYRANO
C'est un auteur. Il ne peut lui déplaire
Que l'on vienne troubler la pièce d'un confrère.

LE BRET
Tu te mets sur les bras, vraiment, trop d'ennemis !

CYRANO, *attaquant son grain de raisin*
Combien puis-je, à peu près, ce soir, m'en être mis ?

LE BRET
Quarante-huit. Sans compter les femmes.

CYRANO
Voyons, compte !

LE BRET
Montfleury, le bourgeois, De Guiche, le vicomte,
Baro, l'Académie…

CYRANO
Assez ! tu me ravis !

LE BRET
Mais où te mènera la façon dont tu vis ?
Quel système est le tien ?

CYRANO
J'errais dans un méandre ;
J'avais trop de partis, trop compliqués, à prendre ;
J'ai pris…

LE BRET
Lequel ?

CYRANO
Mais le plus simple, de beaucoup.
J'ai décidé d'être admirable, en tout, pour tout !

LE BRET, *haussant les épaules*
Soit ! — Mais enfin, à moi, le motif de ta haine
Pour Montfleury, le vrai, dis-le-moi !

CYRANO, *se levant*
Ce Silène,
Si ventru que son doigt n'atteint pas son nombril,
Pour les femmes encor se croit un doux péril,
Et leur fait, cependant qu'en jouant il bredouille,
Des yeux de carpes avec ses gros yeux de grenouilles !...
Et je le hais depuis qu'il se permit, un soir,
De poser son regard, sur celle... Oh ! j'ai cru voir
Glisser sur une fleur une longue limace !

LE BRET, *stupéfait*
Hein ? Comment ? Serait-il possible ?...

CYRANO, *avec un rire amer*
Que j'aimasse ?...
Changement de ton et gravement.
J'aime.

LE BRET
Et peut-on savoir ? Tu ne m'a jamais dit ?...

CYRANO
Qui j'aime ?... Réfléchis, voyons. Il m'interdit
Le rêve d'être aimé même par une laide,
Ce nez qui d'un quart d'heure en tous lieux me précède ;
Alors moi, j'aime qui ?... Mais cela va de soit !
J'aime — mais c'est forcé ! — la plus belle qui soit !

LE BRET
La plus belle ?...

CYRANO
Tout simplement, qui soit au monde !
La plus brillante, la plus fine,
Avec accablement
La plus blonde !

LE BRET
Eh, mon Dieu, quelle est donc cette femme ?...

CYRANO
Un danger
Mortel sans le vouloir, exquis sans y songer,
Un piège de nature, une rose muscade
Dans laquelle l'amour se tient en embuscade !
Qui connaît son sourire a connu le parfait.
Elle fait de la grâce avec rien, elle fait
Tenir tout le divin dans un geste quelconque,
Et tu ne saurais pas, Vénus, monter en conque,
Ni toi, Diane, marcher dans les grands bois fleuris,
Comme elle monte en chaise et marche dans Paris !...

LE BRET
Sapristi ! Je comprends. C'est clair !

CYRANO
C'est diaphane.

LE BRET
Magdeleine Robin, ta cousine !

CYRANO
Oui, — Roxane.

LE BRET
Eh bien ! mais c'est au mieux ! Tu l'aimes ? Dis-le-lui !
Tu t'es couvert de gloire à ses yeux aujourd'hui !

CYRANO
Regarde-moi, mon cher, et dis quelle espérance
Pourrait bien me laisser cette protubérance !
Oh ! je ne me fais pas d'illusions ! — Parbleu,
Oui, quelquefois, je m'attendris, dans le soir bleu ;
J'entre en quelque jardin où l'heure se parfume ;
Avec mon pauvre grand diable de nez je hume
L'avril, — je suis des yeux, sous un rayon d'argent,
Au bras d'un cavalier, quelque femme, en songeant
Que pour marcher, à petits pas, dans de la lune,
Aussi moi j'aimerais au bras en avoir une,

Je m'exalte, j'oublie… et j'aperçois soudain
L'ombre de mon profil sur le mur du jardin !

LE BRET, *ému*

Mon ami !…

CYRANO

Mon ami, j'ai de mauvaises heures !
De me sentir si laid, parfois, tout seul…

LE BRET, *vivement, lui prenant la main*

Tu pleures ?

CYRANO

Ah ! non, cela, jamais ! Non, ce serait trop laid,
Si le long de ce nez une larme coulait !
Je ne laisserai pas, tant que j'en serai maître,
La divine beauté des larmes se commettre
Avec tant de laideur grossière !… Vois-tu bien,
Les larmes, il n'est rien de plus sublime, rien,
Et je ne voudrais pas qu'excitant la risée,
Une seule, par moi, fut ridiculisée !…

LE BRET

Va ne t'attriste pas ! L'amour n'est que hasard !

CYRANO, *secouant la tête*

Non ! J'aime Cléopâtre : ai-je l'air d'un César ?
J'adore Bérénice : ai-je l'aspect d'un Tite ?

LE BRET

Mais ton courage ! ton esprit ! — Cette petite
Qui t'offrait là, tantôt, ce modeste repas,
Ses yeux, tu l'as bien vu, ne te détestaient pas !

CYRANO, *saisi*

C'est vrai !

LE BRET

Hé ! Bien ! alors ?… Mais, Roxane, elle-même,
Toute blême a suivi ton duel !…

CYRANO

Toute blême ?

LE BRET

Son cœur et son esprit déjà sont étonnés !
Ose, et lui parle, afin…

CYRANO

Qu'elle me rie au nez ?
Non ! — C'est la seule chose au monde que je craigne !

LE PORTIER, *introduisant quelqu'un à Cyrano*

Monsieur, on vous demande…

CYRANO, *voyant la duègne*

Ah ! mon Dieu ! Sa duègne !

Scène VI

CYRANO, LE BRET, LA DUÈGNE

LA DUÈGNE, *avec un grand salut*
De son vaillant cousin on désire savoir
Où l'on peut, en secret, le voir.

CYRANO, *bouleversé*
Me voir ?

LA DUÈGNE, *avec une révérence*
Vous voir.
— On a des choses à vous dire.

CYRANO
Des ?...

LA DUÈGNE, *nouvelle révérence*
Des choses !

CYRANO, *chancelant*
Ah ! mon Dieu !

LA DUÈGNE
L'on ira, demain, aux primes roses
D'aurore, — ouïr la messe à Saint-Roch.

CYRANO, *se soutenant sur Le Bret*
Ah ! mon Dieu !

LA DUÈGNE
En sortant, — où peut-on entrer, causer un peu ?

CYRANO, *affolé*
Où ?... Je... Ah ! mon Dieu !...

LA DUÈGNE
Dites vite.

CYRANO

Je cherche !…

LA DUÈGNE

Où ?…

CYRANO

Chez… chez… Ragueneau… le pâtissier…

LA DUÈGNE

Il perche ?

CYRANO

Dans la rue — Ah ! mon Dieu, mon Dieu !- Saint-Honoré !…

LA DUÈGNE, *remontant*

On ira. Soyez-y. Sept heures.

CYRANO

J'y serai.
La duègne sort.

Scène VII

*CYRANO, LE BRET, puis LES COMÉDIENS, LES COMÉDIENNES,
CUIGY, BRISSAILLE, LIGNIÈRE,
LE PORTIER, LES VIOLONS.*

CYRANO, *tombant dans les bras de Le Bret*
Moi !... D'elle !... Un rendez-vous !...

LE BRET
Eh bien ! tu n'es plus triste ?

CYRANO
Ah ! pour quoi que ce soit, elle sait que j'existe !

LE BRET
Maintenant, tu vas être calme ?

CYRANO, *hors de lui*
Maintenant...
Mais je vais être frénétique et fulminant !
Il me faut une armée entière à déconfire !
J'ai dix cœurs ; j'ai vingt bras ; il ne peut me suffire
De pourfendre des nains...
Il crie à tue-tête.
Il me faut des géants !
Depuis un moment, sur la scène, au fond, des ombres de comédiens et de comédiennes s'agitent, chuchotent : on commence à répéter. Les violons ont repris leur place.

UNE VOIX, *de la scène*
Hé ! pst ! là-bas ! Silence ! on répète céans !

CYRANO, *riant*
Nous partons
Il remonte ; par la grande porte du fond ; entrent Cuigy, Brissaille, plusieurs officiers, qui soutiennent Lignière complètement ivre.

CUIGY
Cyrano !

CYRANO

Qu'est-ce ?

CUIGY

Une énorme grive
Qu'on t'apporte !

BRISSAILLE

Il ne peut rentrer chez lui !

CYRANO

Pourquoi ?

LIGNIÈRE, d'une voix pâteuse, lui montrant un billet tout chiffonné
Ce billet m'avertit… cent hommes contre moi…
À cause de… chanson… grand danger me menace…
Porte de Nesle… Il faut, pour rentrer, que j'y passe…
Permets-moi donc d'aller coucher sous… sous ton toit !

CYRANO

Cent hommes, m'as-tu dis ? Tu coucheras chez toi !

LIGNIÈRE, *épouvanté*

Mais…

CYRANO, d'une voix terrible, lui montrant la lanterne allumé que le portier balance en écoutant curieusement cette scène
Prends cette lanterne !…
Lignière saisit précipitamment la lanterne.
Et marche ! — Je te jure
Que c'est moi qui ferai ce soir ta couverture !…
Aux officiers.
Vous, suivez à distance, et vous serez témoins !

CUIGY

Mais cent hommes !…

CYRANO

Ce soir, il ne m'en faut pas moins !
Les comédiens et les comédiennes, descendus de scène, se sont rapprochés dans leurs divers costumes.

LE BRET
Mais pourquoi protéger…

CYRANO
Voilà Le Bret qui grogne !

LE BRET
Cet ivrogne banal ?…

CYRANO, *frappant sur l'épaule de Lignière*
Parce que cet ivrogne,
Ce tonneau de muscat, ce fût de rossoli,
Fit quelque chose un jour de tout à fait joli
Au sortir d'une messe ayant, selon le rite,
Vu celle qu'il aimait prendre de l'eau bénite,
Lui que l'eau fait sauver, courut au bénitier,
Se pencha sur sa conque et le but tout entier !…

UNE COMÉDIENNE, *en costume de soubrette*
Tiens, c'est gentil, cela !

CYRANO
N'est-ce pas, la soubrette ?

LA COMÉDIENNE, *aux autres*
Mais pourquoi sont-ils cent contre un pauvre poète ?

CYRANO
Marchons.
Aux officiers.
Et vous, messieurs, en me voyant charger,
Ne me secondez pas, quel que soit le danger !

UNE AUTRE COMÉDIENNE, *sautant de la scène*
Oh ! mais moi je vais voir !

CYRANO
Venez !…

UNE AUTRE, *sautant aussi, à un vieux comédien*
Viens-tu Cassandre ?…

CYRANO

Venez tous, le Docteur, Isabelle, Léandre,
Tous ! Car vos allez joindre, essaim charmant et fol,
La farce italienne à ce drame espagnol,
Et sur son ronflement tintant un bruit fantasque,
L'entourer de grelots comme un tambour basque !...

TOUTES LES FEMMES, *sautant de joie*

Bravo ! — Vite, une mante ! —Un capuchon !

JODELET

Allons !

CYRANO, *aux violons*

Vous nous jouerez un air, messieurs les violons !
Les violons se joignent au cortège qui se forme. On s'empare des chandelles allumées de la rampe et on se les distribue.
Cela devient une retraite aux flambeaux.
Bravo ! des officiers, des femmes en costume,
Et vingt pas en avant...
Il se place comme il dit.
Moi, tout seul, sous la plume
Que la gloire elle-même à ce feutre piqua,
Fier comme un Scipion triplement Nasica !...
— C'est compris ? Défendu de me prêter main-forte !
On y est ?... Un, deux, trois ! Portier, ouvre la porte !
Le portier ouvre à deux battants. Un coin du vieux Paris pittoresque lunaire paraît.
Ah !... Paris fuit, nocturne et quasi nébuleux ;
Le clair de lune coule aux pentes des toits bleus ;
Un cadre se prépare, exquis, pour cette scène ;
Là-bas, sous des vapeurs en écharpe, la Seine,
Comme un mystérieux et magique miroir,
Tremble... Et vous allez voir ce que vous allez voir !

TOUS

À la porte de Nesle !

CYRANO, *debout sur le seuil*

À la porte de Nesle !
Se retournant avant de sortir, à la soubrette.
Ne demandiez-vous pas pourquoi, mademoiselle,

Contre ce seul rimeur cent hommes furent mis ?
Il tire l'épée et, tranquillement.
C'est parce qu'on savait qu'il est de mes amis !
Il sort. Le cortège, — Lignière zigzaguant en tête — puis les comédiennes aux bras des officiers, — puis les comédiens gambadant, — se met en marche dans la nuit au son des violons, et à la lueur falote des chandelles.

RIDEAU

Deuxième Acte

La rôtisserie des poètes

La boutique de Ragueneau, rôtisseur-pâtissier, vaste ouvroir au coin de la rue Saint-Honoré et de la rue de l'Arbre-Sec qu'on aperçoit largement au fond, par le vitrage de la porte, grises dans les premières lueurs de l'aube.

À gauche, premier plan, comptoir surmonté d'un dais en fer forgé, auquel sont accrochés des oies, des canards, des paons blancs. Dans de grands vases de faïence de hauts bouquets de fleurs naïves, principalement des tournesols jaunes. Du même côté, second plan, immense cheminée devant laquelle, entre de monstrueux chenets, dont chacun supporte une petite marmite, les rôtis pleurent dans les lèchefrites.

À droite, premier plan avec porte. Deuxième plan, un escalier montant à une petite salle en soupente, dont on aperçoit l'intérieur par des volets ouverts ; une table y est dressée, un menu lustre flamand y luit : c'est un réduit où l'on va manger et boire. Une galerie de bois, faisant suite à l'escalier, semble mener à d'autres petites salles analogues.

Au milieu de la rôtisserie, un cercle en fer que l'on peut faire descendre avec une corde, et auquel de grosses pièces sont accrochées, fait un lustre gibier.

Les fours, dans l'ombre, sous l'escalier, rougeoient. Des cuivres étincellent. Des broches tournent. Des pièces montées pyramident. Des jambons pendent. C'est le coup de feu matinal. Bousculade de marmitons effarés, d'énormes cuisiniers et de minuscules gâte-sauces.

Foisonnement de bonnets à plume de poulet ou à aile de pintade. On apporte, sur des plaques de tôle et des clayons d'osier, des quinconces de brioches, des villages de petits-fours.

Des tables sont couvertes de gâteaux et de plats. D'autres entourées de chaises, attendent les mangeurs et les buveurs.

Une plus petite, dans un coin, disparaît sous les papiers.

Ragueneau y est assis au lever du rideau, il écrit.

Scène Première

RAGUENEAU, PÂTISSIER, puis LISE.
Ragueneau, à la petite table, écrivant d'un air inspiré, et comptant sur ses doigts.

PREMIER PÂTISSIER, *apportant une pièce montée*
Fruits en nougat !

DEUXIÈME PÂTISSIER, *apportant un plat*
Flan !

TROISIÈME PÂTISSIER, *apportant un rôti paré de plumes*
Paon !

QUATRIÈME PÂTISSIER, *apportant une plaque de gâteaux*
Roinsoles !

CINQUIÈME PÂTISSIER, *apportant une sorte de terrine*
Bœuf en daube !

RAGUENEAU, *cessant d'écrire et levant la tête*
Sur les cuivres, déjà, glisse l'argent de l'aube !
Étouffe en toi le dieu qui chante, Ragueneau !
L'heure du luth viendra, — c'est l'heure du fourneau !
Il se lève. — À un cuisinier.
Vous, veuillez m'allonger cette sauce, elle est courte !

LE CUISINIER
De combien ?

RAGUENEAU
De trois pieds.
Il passe.

LE CUISINIER
Hein !

PREMIER PÂTISSIER
La tarte !

DEUXIÈME PÂTISSIER
La tourte !

RAGUENEAU, *devant la cheminée*
Ma Muse, éloigne-toi, pour que tes yeux charmants
N'aillent pas se rougir au feu de ces sarments !
À un pâtissier, lui montrant des pains.
Vous avez mal placé la fente de ces miches
Au milieu la césure, — entre les hémistiches !
À un autre, lui montrant un pâté inachevé.
À ce palais de croûte, il faut, vous, mettre un toit…
À un jeune apprenti, qui, assis par terre, embroche des volailles.
Et toi, sur cette broche interminable, toi,
Le modeste poulet et la dinde superbe,
Alterne-les, mon fils, comme le vieux Malherbe
Alternait les grands vers avec les plus petits,
Et fais tourner au feu des strophes de rôtis !

UN AUTRE APPRENTI, *s'avançant avec un plateau recouvert d'une assiette*
Maître, en pensant à vous, dans le four, j'ai fait cuire
Ceci, qui vous plaira, je l'espère.
Il découvre un plateau, on voit une grande lyre de pâtisserie.

RAGUENEAU, *ébloui*
Une lyre !

L'APPRENTI
En pâte de brioche.

RAGUENEAU, *ému*
Avec des fruits confits !

L'APPRENTI
Et les cordes, voyez, en sucre je les fis.

RAGUENEAU, *lui donnant de l'argent*
Va boire à ma santé !
Apercevant Lise qui entre.
Chut ! ma femme ! Circule,
Et cache cet argent !
À Lise, lui montrant la lyre d'un air gêné.

C'est beau ?

LISE

C'est ridicule !
Elle pose sur le comptoir une pile de sacs en papier.

RAGUENEAU

Des sacs ?... Bon. Merci.
Il les regarde.
Ciel ! Mes livres vénérés !
Les vers de mes amis ! déchirés ! démembrés !
Pour en faire des sacs à mettre des croquantes...
Ah ! vous renouvelez Orphée et les bacchantes !

LISE, *sèchement*

Et n'ai-je pas le droit d'utiliser vraiment
Ce que laissent ici, pour unique paiement,
Vos méchants écriveurs de lignes inégales !

RAGUENEAU

Fourmi !... n'insulte pas ces divines cigales !

LISE

Avant de fréquenter ces gens-là, mon ami,
Vous ne m'appeliez pas bacchante, — ni fourmi !

RAGUENEAU

Avec des vers, faire cela !

LISE

Pas autre chose.

RAGUENEAU

Que faites-vous, alors, madame, avec la prose ?

Scène II

LES MÊMES, DEUX ENFANTS qui viennent d'entrer dans la pâtisserie.

RAGUENEAU
Vous désirez, petits ?

PREMIER ENFANT
Trois pâtés.

RAGUENEAU, *les servant*
Là, bien roux…
Et bien chauds.

DEUXIÈME ENFANT
S'il vous plaît, enveloppez-les-nous ?

RAGUENEAU, *saisi, à part*
Hélas ! un de mes sacs !
Aux enfants.
Que je les enveloppe ?…
Il prend un sac et au moment d'y mettre les pâtés, il lit.
« Tel Ulysse, le jour qu'il quitta Pénélope… »
Pas celui-ci !…
Il le met de côté et en prend un autre. Au moment d'y mettre les pâtés, il lit.
« Le blond Phoebus… » Pas celui-là !
Même jeu.

LISE, *impatientée*
Eh bien ! qu'attendez-vous ?

RAGUENEAU
Voilà, voilà, voilà !
Il en prend un troisième et se résigne.
Le sonnet à Philis !… mais c'est dur tout de même !

LISE
C'est heureux qu'il se soit décidé !

Haussant les épaules.
Nicodème !
Elle monte sur une chaise et se met à ranger des plats sur une crédence.

RAGUENEAU, *profitant de ce qu'elle tourne le dos, rappelle les enfants déjà à la porte*
Pst !... Petits !... Rendez-moi le sonnet à Philis,
Au lieu de trois pâtés je vous en donne six.
Les enfants lui rendent le sac, prennent vivement les gâteaux et sortent.
Ragueneau, défripant le papier, se met à lire en déclamant.
« Philis !... » Sur ce doux nom, une tache de beurre !...
« Philis !... ! »
Cyrano entre brusquement.

Scène III

RAGUENEAU, LISE, CYRANO, puis LE MOUSQUETAIRE.

CYRANO

Quelle heure est-il ?

RAGUENEAU, *le saluant avec empressement*

Six heures.

CYRANO, *avec émotion*

Dans une heure !
Il va et vient dans la boutique.

RAGUENEAU, *le suivant*

Bravo ? J'ai vu...

CYRANO

Quoi donc !

RAGUENEAU

Votre combat !...

CYRANO

Lequel ?

RAGUENEAU

Celui de l'Hôtel de Bourgogne !

CYRANO, *avec dédain*

Ah !... Le duel !...

RAGUENEAU, *admiratif*

Oui, le duel en vers !...

LISE

Il en a plein la bouche !

CYRANO

Allons ! tant mieux !

RAGUENEAU, *se fendant avec une broche qu'il a saisi*
« À la fin de l'envoi, je touche !...
À la fin de l'envoi, je touche !... » Que c'est beau !
Avec un enthousiasme croissant.
« À la fin de l'envoi... »

CYRANO

Quelle heure, Ragueneau ?

RAGUENEAU, *restant fendu pour regarder l'horloge.*
Six heures cinq !... « ...Je touche ! »
Il se relève.
...Oh ! faire une ballade

LISE, *à Cyrano, qui en passant devant son comptoir lui a serré distraitement la main*
Qu'avez-vous à la main ?

CYRANO

Rien. Une estafilade.

RAGUENEAU

Courûtes-vous quelque péril ?

CYRANO

Aucun péril.

LISE, *le menaçant du doigt*
Je crois que vous mentez !

CYRANO

Mon nez remuerait-il ?
Il faudrait que ce fût pour un mensonge énorme !
Changeant de ton.
J'attends ici quelqu'un. Si ce n'est pas sous l'orme,
Vous nous laisserez seuls.

RAGUENEAU

C'est que je ne peux pas ;
Mes rimeurs vont venir...

LISE, *ironique*
Pour leur premier repas.

CYRANO
Tu les éloigneras quand je te ferai signe…
L'heure ?

RAGUENEAU
Six heures dix.

CYRANO, *s'asseyant nerveusement à la table de Ragueneau et prenant du papier*
Une plume ?…

RAGUENEAU, *lui offrant celle qu'il a à son oreille*
De cygne.

UN MOUSQUETAIRE, *superbement moustachu, entre et d'une voix de stentor*
Salut !
Lise remonte vivement vers lui.

CYRANO, *se retournant*
Qu'est-ce ?

RAGUENEAU
Un ami de ma femme. Un guerrier
Terrible, — à ce qu'il dit !…

CYRANO, *reprenant la plume et éloignant du geste Ragueneau*
Chut !…
Écrire, — plier, —
À lui-même.
Lui donner, — me sauver…
Jetant la plume.
Lâche !… Mais que je meure,
Si j'ose lui parler, lui dire un seul mot…
À Ragueneau
L'heure ?

RAGUENEAU
Six et quart !…

CYRANO, *se frappant sa poitrine*
…un seul mot de tous ceux que j'ai là !
Tandis qu'en écrivant…
Il reprend la plume.
Eh bien ! écrivons-là,
Cette lettre d'amour qu'en moi-même j'ai faite
Et refaite cent fois, de sorte qu'elle est prête,
Et que mettant mon âme à côté du papier,
Je n'ai tout simplement qu'à la recopier.
Il écrit. Derrière le vitrage de la porte on voit s'agiter des silhouettes maigres et hésitantes.

Scène IV

RAGUENEAU, LISE, LE MOUSQUETAIRE, CYRANO, à la petite table écrivant, LES POÈTES, vêtus de noir, les bas tombants, couverts de boue

LISE, *entrant, à Ragueneau*

Les voici vos crottés !

PREMIER POÈTE, *entrant, à Ragueneau*

Confrère !...

DEUXIÈME POÈTE, *de même, lui secouant les mains*

Cher confrère !

TROISIÈME POÈTE

Aigle des pâtissiers !
Il renifle.
Ça sent bon dans votre aire.

QUATRIÈME POÈTE

Ô Phoebus-Rôtisseur !

CINQUIÈME POÈTE

Apollon maître-queux !...

RAGUENEAU, *entouré, embrassé, secoué*

Comme on est tout de suite à son aise avec eux !...

PREMIER POÈTE

Nous fûmes retardés par la foule attroupée
À la porte de Nesle !...

DEUXIÈME POÈTE

Ouverts à coups d'épée,
Huit malandrins sanglants illustraient les pavés !

CYRANO, *levant une seconde la tête*

Huit ?... Tiens, je croyais *sept*.
Il reprend sa lettre.

RAGUENEAU, *à Cyrano*
Est-ce que vous savez
Le héros du combat ?

CYRANO, *négligemment*
Moi ?... Non !

LISE, *au mousquetaire*
Et vous ?

LE MOUSQUETAIRE, *se frisant la moustache*
Peut-être !

CYRANO, *écrivant, à part, on l'entend murmurer de temps en temps*
Je vous aime...

PREMIER POÈTE
Un seul homme, assurait-on, sut mettre
Toute une bande en fuite !...

DEUXIÈME POÈTE
Oh ! c'était curieux !
Des piques, des bâtons jonchait le sol !...

CYRANO, *écrivant*
...vos yeux...

TROISIÈME POÈTE
On trouvait des chapeaux jusqu'au quai des Orfèvres !

PREMIER POÈTE
Sapristi ! ce dut être féroce...

CYRANO, *même jeu*
... vos lèvres...

PREMIER POÈTE
Un terrible géant, l'auteur de ces exploits !

CYRANO, *même jeu*
...Et je m'évanouis de peur quand je vous vois.

DEUXIÈME POÈTE, *happant un gâteau*
Qu'as-tu rimé de neuf, Rageuneau ?

CYRANO, *même jeu*
… qui vous aime…
Il s'arrête au moment de signer, et se lève, mettant sa lettre dans son pourpoint.
Pas besoin de signer. Je la donne moi-même.

RAGUENEAU, *au deuxième poète*
J'ai mis une recette en vers.

TROISIÈME POÈTE, *s'installant près d'un plateau de choux à la crème*
Oyons ces vers !

QUATRIÈME POÈTE, *regardant une brioche qu'il a prise*
Cette brioche a mis son bonnet de travers.
Il la décoiffe d'un coup de dent.

PREMIER POÈTE
Ce pain d'épice suit le rimeur famélique,
De ses yeux en amande aux sourcils d'angélique !
Il happe le morceau de pain d'épice.

DEUXIÈME POÈTE
Nous écoutons.

TROISIÈME POÈTE, *serrant légèrement un chou entre ses doigts*
Ce chou bave sa crème.
Il rit.

DEUXIÈME POÈTE, *mordant à même la grande lyre de pâtisserie*
Pour la première fois la Lyre me nourrit !

RAGUENEAU, *qui s'est préparé à réciter, qui a toussé, assuré son bonnet, pris une pose*
Une recette en vers…

DEUXIÈME POÈTE, *au premier, lui donnant un coup de coude*
Tu déjeunes ?

PREMIER POÈTE, *au deuxième*
Tu dînes !

RAGUENEAU
Comment on fait les tartelettes amandines.
Battez, pour qu'ils soient mousseux,
Quelques œufs ;
Incorporez à leur mousse
Un jus de cédrat choisi ;
Versez-y
Un bon lait d'amande douce ;
Mettez de la pâte à flan
Dans le flanc
De moules à tartelette ;
D'un doigt preste, abricotez
Les côtés ;
Versez goutte à gouttelette
Votre mousse en ces puits, puis
Que ces puits
Passent au four, et, blondines,
Sortant en gais troupelets,
Ce sont les
Tartelettes amandines !

LES POÈTES, *la bouche pleine*
Exquis ! Délicieux !

UN POÈTE, *s'étouffant*
Homph !
Ils remontent vers le fond, en mangeant. Cyrano qui a observé s'avance vers Rageneau.

CYRANO
Bercés par ta voix,
Ne vois-tu pas comme ils s'empiffrent ?

RAGUENEAU, *plus bas, avec un sourire*
Je le vois...

Sans regarder, de peur que cela ne les trouble ;
Et dire ainsi mes vers me donne un plaisir double,
Puisque je satisfais un doux faible que j'ai
Tout en laissant manger ceux qui n'ont pas mangé !

CYRANO, *lui frappant sur l'épaule*
Toi tu me plais !…
Ragueneau va rejoindre ses amis. Cyrano le suit des yeux, puis, un peu brusquement.
Hé là, Lise ?
Lise, en conversation tendre avec le mousquetaire, tressaille et descend vers Cyrano.
Ce capitaine…
Vous assiège ?

LISE, *offensée*
Oh ! mes yeux, d'une œillade hautaine,
Savent vaincre quiconque attaque mes vertus.

CYRANO
Euh ! pour des yeux vainqueurs, je les trouve battus.

LISE, *suffoquée*
Mais…

CYRANO, *nettement*
Ragueneau me plaît. C'est pourquoi, dame Lise,
Je défends que quelqu'un le ridicoculise.

LISE
Mais…

CYRANO, *qui a élevé la voix assez pour être entendu du galant*
À bon entendeur…
Il salue le mousquetaire, et va se mettre en observation, à la porte du fond, après avoir regardé l'horloge.

LISE, *au mousquetaire qui a simplement rendu son salut à Cyrano*
Vraiment, vous m'étonnez !…
Répondez… sur son nez…

LE MOUSQUETAIRE
Sur son nez... sur son nez...
Il s'éloigne vivement, Lise le suit.

CYRANO, *de la porte du fond, faisant signe à Ragueneau d'emmener les poètes*
Pst !...

RAGUENEAU, *montrant aux poètes la porte de droite*
Nous serons bien mieux par là...

CYRANO, *s'impatientant*
Pst ! pst !...

RAGUENEAU, *les entraînant*
Pour lire
Des vers...

PREMIER POÈTE, *désespéré, la bouche pleine*
Mais les gâteaux !...

DEUXIÈME POÈTE
Emportons-les !
Ils sortent tous derrière Ragueneau, processionnellement, et après avoir fait une rafle de plateaux.

Scène V

CYRANO, ROXANE, LA DUÈGNE

CYRANO

Je tire
Ma lettre si je sens seulement qu'il y a
Le moindre espoir !…
Roxane, masquée, suivie de la duègne, paraît derrière le vitrage. Il ouvre vivement la porte.
Entrez !…
Marchant sur la duègne.
Vous, deux mots duègna !

LA DUÈGNE

Quatre.

CYRANO

Êtes-vous gourmande ?

LA DUÈGNE

À m'en rendre malade.

CYRANO, *prenant vivement des sacs de papier sur le comptoir*
Bon. Voici deux sonnets de monsieur Benserade…

LA DUÈGNE, *piteuse*

Heu !…

CYRANO

… que je vous remplis de darioles.

LA DUÈGNE, *changeant de figure*
Hou !

CYRANO

Aimez-vous le gâteau qu'on nomme petit chou ?

LA DUÈGNE, *avec dignité*
Monsieur, j'en fais état, lorsqu'il est à la crème.

CYRANO
J'en plonge six pour vous dans le sein d'un poème
De Saint-Amand ! Et dans ces vers de Chapelain
Je dépose un fragment, moins lourd, de poupelin.
— Ah ! Vous aimez les gâteaux frais ?

LA DUÈGNE
J'en suis férue !

CYRANO, *lui chargeant les bras de sacs remplis*
Veuillez aller manger tous ceux-ci dans la rue.

LA DUÈGNE
Mais…

CYRANO, *la poussant dehors*
Et ne revenez qu'après avoir fini !
Il referme la porte, redescend vers Roxane, et s'arrête, découvert, à une distance respectueuse.

Scène VI

CYRANO, ROXANE, LA DUÈGNE, un instant.

CYRANO

Que l'instant entre tous les instants soit béni,
Où, cessant d'oublier qu'humblement je respire
Vous venez jusqu'ici pour me dire... me dire ?...

ROXANE, *qui s'est démasquée*

Mais tout d'abord merci, car ce drôle, ce fat
Qu'au brave jeu d'épée, hier, vous avez fait mat,
C'est lui qu'un grand seigneur... épris de moi...

CYRANO

De Guiche ?

ROXANE, *baissant les yeux*

Cherchait à m'imposer... comme mari...

CYRANO

Postiche ?
Saluant.
Je me suis donc battu, madame, et c'est tant mieux,
Non pour mon vilain nez, mais bien pour vos beaux yeux.

ROXANE

Puis... je voulais... Mais pour l'aveu que je viens faire,
Il faut que je revoie en vous le... presque frère,
Avec qui je jouais, dans le parc-près du lac !...

CYRANO

Oui... Vous veniez tous les étés à Bergerac !...

ROXANE

Les roseaux fournissaient le bois pour vos épées...

CYRANO

Et les maïs, les cheveux blonds pour vos poupées !

ROXANE
C'était le temps des jeux…

CYRANO
Des mûrons aigrelets…

ROXANE
Le temps où vous faisiez tout ce que je voulais !…

CYRANO
Roxane, en jupons courts, s'appelait Madeleine…

ROXANE
J'étais jolie, alors ?

CYRANO
Vous n'étiez pas vilaine.

ROXANE
Parfois, la main en sang de quelque grimpement,
Vous accourriez ! — Alors, jouant à la maman,
Je disais d'une voix qui tâchait d'être dure
Elle lui prend la main.
« Qu'est-ce que c'est encore que cette égratignure ? »
Elle s'arrête stupéfaite.
Oh ! C'est trop fort ! Et celle-ci !
Cyrano veut retirer sa main.
Non ! montrez-la !
Hein ? à votre âge, encor ! — Où t'es-tu fait cela ?

CYRANO
En jouant, du côté de la porte de Nesle.

ROXANE, *s'asseyant à une table, et trempant son mouchoir dans un verre d'eau*
Donnez !

CYRANO, *s'asseyant aussi*
Si gentiment ! Si gaiement maternelle !

ROXANE
Et, dites-moi, — pendant que j'ôte un peu le sang, —

Ils étaient contre vous ?

CYRANO

Oh ! pas tout à fait cent.

ROXANE

Racontez !

CYRANO

Non. Laissez. Mais vous, dites la chose
Que vous n'osiez tantôt me dire…

ROXANE, *sans quitter sa main*

À présent j'ose,
Car le passé m'encouragea de son parfum !
Oui, j'ose maintenant. Voilà. J'aime quelqu'un.

CYRANO

Ah !…

ROXANE

Qui ne le sait pas d'ailleurs.

CYRANO

Ah !…

ROXANE

Pas encore.

CYRANO

Ah !…

ROXANE

Mais qui va bientôt le savoir, s'il l'ignore.

CYRANO

Ah !…

ROXANE

Un pauvre garçon qui jusqu'ici m'aima
Timidement, de loin, sans oser le dire…

CYRANO
Ah !...

ROXANE
Laissez-moi votre main, voyons, elle a la fièvre. —
Mais moi j'ai vu trembler les aveux sur sa lèvre.

CYRANO
Ah !...

ROXANE, *achevant de lui faire un petit bandage avec son mouchoir*
Et figurez-vous, tenez, que, justement
Oui, mon cousin, il sert dans votre régiment !

CYRANO
Ah !...

ROXANE, *riant*
Puisqu'il est cadet dans votre compagnie !

CYRANO
Ah !...

ROXANE
Il a sur son front de l'esprit, du génie,
Il est fier, noble, jeune, intrépide, beau...

CYRANO, *se levant tout pâle*
Beau !

ROXANE
Quoi ? Qu'avez-vous ?

CYRANO
Moi, rien... c'est... c'est...
Il montre sa main, avec un sourire.
C'est ce bobo.

ROXANE
Enfin, je l'aime. Il faut d'ailleurs que je vous dise
Que je ne l'ai jamais vu qu'à la Comédie...

CYRANO
Vous ne vous êtes donc pas parlé ?

ROXANE
Nos yeux seuls.

CYRANO
Mais comment savez-vous, alors ?

ROXANE
Sous les tilleuls
De la place Royale, on cause… Des bavardes
M'ont renseignée…

CYRANO
Il est cadet ?

ROXANE
Cadet aux gardes.

CYRANO
Son nom ?

ROXANE
Baron Christian de Neuvillette.

CYRANO
Hein ?…
Il n'est pas aux cadets.

ROXANE
Si, depuis ce matin
Capitaine Carbon de Castel-Jaloux.

CYRANO
Vite,
Vite, on lance son cœur !… Mais ma pauvre petite…

LA DUÈGNE, *ouvrant la porte du fond*
J'ai fini les gâteaux , monsieur de Bergerac !

CYRANO

Eh bien ! lisez les vers imprimés sur le sac !
La duègne disparaît.
… Ma pauvre enfant, vous qui n'aimez que beau langage,
Bel esprit, — si c'était un profane, un sauvage.

ROXANE

Non, il a les cheveux d'un héros de d'Urfé !

CYRANO

S'il était aussi maldisant que bien coiffé !

ROXANE

Non, tous les mots qu'il dit sont fins, je le devine !

CYRANO

Oui, tous les mots sont fins quand la moustache est fine.
— Mais si c'était un sot !…

ROXANE, *frappant du pied*
Eh bien ! j'en mourrais, là !

CYRANO, *après un temps*
Vous m'avez fait venir pour me dire cela ?
Je n'en sens pas très bien l'utilité, madame.

ROXANE

Ah, c'est que quelqu'un hier m'a mis la mort dans l'âme,
Et me disant que tous, vous êtes tous Gascons
Dans votre compagnie…

CYRANO

Et que nous provoquons
Tous les blancs-becs qui, par faveur, se font admettre
Parmi les purs Gascons que nous sommes, sans l'être ?
C'est ce qu'on vous a dit ?

ROXANE

Et vous pensez si j'ai
Tremblé pour lui !

CYRANO, *entre ses dents*

Non sans raison !

ROXANE

Mais j'ai songé
Lorsque invincible et grand, hier, vous nous apparûtes,
Châtiant ce coquin, tenant tête à ces brutes, —
J'ai songé : s'il voulait, lui que tous ils craindront…

CYRANO

C'est bien, je défendrai votre petit baron.

ROXANE

Oh, n'est-ce pas que vous allez me le défendre ?
J'ai toujours eu pour vous une amitié si tendre.

CYRANO

Oui, oui.

ROXANE

Vous serez son ami ?

CYRANO

Je le serai.

ROXANE

Et jamais il n'aura de duel ?

CYRANO

C'est juré.

ROXANE

Oh ! je vous aime bien. Il faut que je m'en aille.
Elle remet vivement son masque, une dentelle sur son front, et, distraitement.
Mais vous ne m'avez pas raconté la bataille
De cette nuit. Vraiment ce dut être inouï !…
— Dites-lui qu'il m'écrive.
Elle lui envoie un petit baiser de la main.
Oh ! je vous aime !

CYRANO
Oui, oui.

ROXANE
Cent hommes contre vous ? Allons adieu. — Nous sommes
De grands amis !

CYRANO
Oui, oui.

ROXANE
Qu'il m'écrive ! — Cent hommes ! —
Vous me direz plus tard. Maintenant je ne puis.
Cent hommes ! Quel courage !

CYRANO, *la saluant*
Oh ! j'ai fait mieux depuis.
Elle sort. Cyrano reste immobile, les yeux à terre. Un silence. La porte de droite s'ouvre. Ragueneau passe la tête.

Scène VII

CYRANO, RAGUENEAU, LES POETES, CARBON DE CASTEL-JALOUX, LES CADETS, LA FOULE, etc., puis DE GUICHE.

RAGUENEAU

Peut-on rentrer ?

CYRANO, *sans bouger*

Oui…
Ragueneau fait signe et ses amis rentrent. En même temps, à la porte du fond paraît Carbon de Castel-Jaloux, costume de capitaine aux gardes, qui fait de grands gestes en apercevant Cyrano.

CARBON DE CASTEL-JALOUX

Le voilà !

CYRANO, *levant la tête*

Mon capitaine…

CARBON, *exultant*

Notre héros ! Nous savons tout ! Une trentaine
De mes cadets sont là !…

CYRANO, *reculant*

Mais…

CARBON, *voulant l'entraîner*

Viens ! on veut te voir !

CYRANO

Non !

CARBON

Ils boivent en face, à la Croix du Trahoir.

CYRANO

Je…

CARBON, *remontant à la porte, et criant à la cantonade, d'une voix de tonnerre*
Le héros refuse. Il est d'humeur bourru !

UNE VOIX, *au-dehors*
Ah ! Sandious !
Tumulte au-dehors, bruits d'épées et de bottes qui se rapprochent.

CARBON, *se frottant les mains*
Les voici qui traversent la rue !...

LES CADETS, *entrant dans la rôtisserie*
Mille dious ! — Capdedious ! — Mordious ! — Pocapdedious !

RAGUENEAU, *reculant épouvanté*
Messieurs, vous êtes donc tous de la Gascogne !

LES CADETS
Tous !

UN CADET, *à Cyrano*
Bravo !

CYRANO
Baron !

UN AUTRE, *lui secouant les mains*
Vivat !

CYRANO
Baron !

TROISIÈME CADET
Que je t'embrasse !

CYRANO
Baron !...

PLUSIEURS GASCONS
Embrassons-le !

CYRANO, *ne sachant auquel répondre*
Baron… baron… de grâce…

RAGUENEAU
Vous êtes tous barons, messieurs ?

LES CADETS
Tous ?

RAGUENEAU
Le sont-ils ?…

PREMIER CADET
On ferait une tour rien qu'avec nos tortils !

LE BRET, *entrant, et courant à Cyrano*
On te cherche ! Une foule en délire conduite
Par ceux qui cette nuit marchèrent à te suite…

CYRANO, *épouvanté*
Tu ne leur as pas dit où je me trouve ?…

LE BRET, *se frottant les mains*
Si !

UN BOURGEOIS, *entrant suivi d'un groupe*
Monsieur, tout le Marais se fait porter ici !
Au-dehors la rue s'est remplie de monde. Des chaises à porteurs, des carrosses s'arrêtent.

LE BRET, *bas, souriant, à Cyrano*
Et Roxane ?

CYRANO, *vivement*
Tais-toi !

LA FOULE, *criant dehors*
Cyrano !…
Une cohue se précipite dans la pâtisserie. Bousculade. Acclamations.

RAGUENEAU, *debout sur une table*
Ma boutique
Est envahie ! On casse tout ! C'est magnifique !

DES GENS, *autour de Cyrano*
Mon ami… mon ami…

CYRANO
Je n'avais pas hier
Tant d'amis !…

LE BRET, *ravi*
Le succès !

UN PETIT MARQUIS, *accourant, les mains tendues*
Si tu savais, mon cher…

CYRANO
Si tu ?… Tu ?… Qu'est-ce donc qu'ensemble nous gardâmes ?

UN AUTRE
Je veux vous présenter, Monsieur, à quelques dames
Qui là, dans mon carrosse…

CYRANO, *froidement*
Et vous d'abord, à moi,
Qui vous présentera ?

LE BRET, *stupéfait*
Mais qu'as-tu donc ?

CYRANO
Tais-toi !

UN HOMME DE LETTRE, *avec une écritoire*
Puis-je avoir des détails sur ?…

CYRANO
Non.

LE BRET, *lui poussant le coude*
C'est Théophraste

Renaudot ! l'inventeur de la gazette.

CYRANO

Baste !

LE BRET
Cette feuille où l'on fait tant de choses tenir !
On dit que cette idée a beaucoup d'avenir !

LE POÈTE, *s'avançant*

Monsieur…

CYRANO

Encor !

LE POÈTE
Je veux faire une pentacrostiche
Sur votre nom…

QUELQU'UN, *s'avançant encore*

Monsieur…

CYRANO
Assez !
Mouvement. On se range. De Guiche paraît escorté d'officiers. Cuigy, Brissaille, les officiers qui sont partis avec Cyrano à la fin du premier acte. Cuigy vient vivement à Cyrano.

CUIGY, *à Cyrano*
Monsieur de Guiche !
Murmure. Tout le monde se range.
Vient de la part du maréchal de Gassion !

DE GUICHE, *saluant Cyrano*
…Qui tient à vous mander son admiration
Pour le nouvel exploit dont le bruit vient de courre.

LA FOULE

Bravo !…

CYRANO, *s'inclinant*
Le maréchal s'y connaît en bravoure.

DE GUICHE
Il n'aurait jamais cru le fait si ces messieurs
N'avaient pu lui jurer l'avoir vu.

CUIGY

De nos yeux.

LE BRET, *bas à Cyrano, qui a l'air absent*
Mais…

CYRANO

Tais-toi !

LE BRET

Tu parais souffrir !

CYRANO, *tressaillant et se redressant vivement*
Devant ce monde ?…
Sa moustache se hérisse ; il poitrine.
Moi souffrir ?… Tu vas voir !

DE GUICHE, *auquel Cuigy a parlé à l'oreille*
Votre carrière abonde
De beaux exploits, déjà. — Vous servez chez ces fous
De gascons, n'est-ce pas ?

CYRANO

Aux cadets, oui.

UN CADET, *d'une voix terrible*

Chez nous !

DE GUICHE, *regardant les Gascons, rangés derrière Cyrano*
Ah ! ah !… Tous ces messieurs à la mine hautaine,
Ce sont donc les fameux ?…

CARBON DE CASTEL-JALOUX

Cyrano !

CYRANO

Capitaine ?

CARBON

Puisque ma compagnie est, je crois, au complet,
Veuillez la présenter au comte, s'il vous plaît.

  CYRANO, *faisant deux pas vers De Guiche, et montrant les cadets*
Ce sont les cadets de Gascogne
De Carbon de Castel-Jaloux ;
Bretteurs et menteurs sans vergogne,
Ce sont les cadets de Gascogne !
Parlant blason, lambel, bastogne,
Tous plus nobles que des filous,
Ce sont les cadets de Gascogne
De Carbon de Castel-Jaloux
Œil d'aigle, jambe de cigogne,
Moustache de chat, dents de loups,
Fendant la canaille qui grogne,
Œil d'aigle, jambe de cigogne,
Ils vont, — coiffés d'un vieux vigogne
Dont la plume cache les trous ! —
Œil d'aigle, jambe de cigogne,
Moustache de chat, dents de loups !
Perce-Bedaine et Casse-Trogne
Sont leurs sobriquets les plus doux ;
De gloire, leur âme est ivrogne !
Perce-Bedaine et Casse-Trogne,
Dans tous les endroits où l'on cogne
Ils se donnent des rendez-vous…
Perce-Bedaine et Casse-Trogne
Sont leurs sobriquets les plus doux !
Voici les cadets de Gascogne
Qui font cocus tous les jaloux !
Ô femme, adorable carogne,
Voici les cadets de Gascogne !
Que le vieil époux se renfrogne
Sonnez, clairons ! chantez, coucous !
Voici les cadets de Gascogne
Qui font cocus tous les jaloux !

  DE GUICHE, *nonchalamment assis dans un fauteuil*
que Ragueneau a vite apporté
Un poète est un luxe, aujourd'hui, qu'on se donne.
— Voulez-vous être à moi ?

CYRANO

Non, Monsieur, à personne.

DE GUICHE

Votre verve amusa mon oncle Richelieu,
Hier. Je veux vous servir auprès de lui.

LE BRET, *ébloui*

Grand Dieu !

DE GUICHE

Vous avez bien rimé cinq actes, j'imagine ?

LE BRET, *à l'oreille de Cyrano*
Tu vas faire jouer, mon cher, ton Agrippine !

DE GUICHE

Portez-les-lui.

CYRANO, *tenté et un peu charmé*
Vraiment…

DE GUICHE

Il est des plus experts.
Il vous corrigera seulement quelques vers…

CYRANO, *dont le visage s'est immédiatement rembruni*
Impossible, Monsieur ; mon sang se coagule
En pensant qu'on y peut changer une virgule.

DE GUICHE

Mais quand un vers lui plaît, en revanche, mon cher,
Il le paye très cher.

CYRANO

Il le paye moins cher
Que moi, lorsque j'ai fait un vers, et que je l'aime,
Je me le paye, en me le chantant à moi-même !

DE GUICHE

Vous êtes fier.

CYRANO

Vraiment, vous l'avez remarqué ?

UN CADET, *entrant avec, enfilés à son épée, des chapeaux aux plumets miteux, aux coiffes trouées, défoncées*

Regarde, Cyrano ! ce matin, sur le quai,
Le bizarre gibier à plumes que nous prîmes !
Les feutres des fuyards !...

CARBON

Des dépouilles opimes !

TOUT LE MONDE, *riant*

Ah ! Ah ! Ah !

CUIGY

Celui qui posta ces gueux, ma foi,
Doit rager aujourd'hui.

BRISSAILLE

Sait-on qui c'est ?

DE GUICHE

C'est moi.
Les rires s'arrêtent.
Je les avais chargés de châtier, — besogne
Qu'on ne fait pas soi-même, — un rimailleur ivrogne.
Silence gêné.

LE CADET, *à mi-voix, à Cyrano, lui montrant les feutres*

Que faut-il qu'on en fasse ? Ils sont gras... Un salmis ?

CYRANO, *prenant l'épée où ils sont enfilés, et les faisant, dans un salut, tous glisser aux pieds de De Guiche*

Monsieur, si vous voulez les rendre à vos amis ?

DE GUICHE, *se levant et d'une voix brève*

Ma chaise et mes porteurs, tout de suite : je monte.
À Cyrano, violemment.
Vous, Monsieur !...

UNE VOIX, *dans la rue, criant*
Les porteurs de monseigneur le comte
De Guiche !

DE GUICHE, *qui s'est dominé, avec un sourire*
… Avez-vous lu Don Quichot ?

CYRANO
Je l'ai lu.
Et me découvre au nom de cet hurluberlu.

DE GUICHE
Veuillez donc méditer alors…

UN PORTEUR, *paraissant au fond*
Voici la chaise.

DE GUICHE
Sur le chapitre des moulins !

CYRANO, *saluant*
Chapitre treize.

DE GUICHE
Car lorsqu'on les attaque, il arrive souvent…

CYRANO
J'attaque donc des gens qui tournent à tout vent ?

DE GUICHE
Qu'un moulinet de leurs grands bras chargés de toiles
Vous lance dans la boue !…

CYRANO
Ou bien dans les étoiles !
De Guiche sort. On le voit remonter en chaise. Les seigneurs s'éloignent en chuchotant. Le Bret les raccompagne. La foule sort.

Scène VIII

CYRANO, LE BRET, LES CADETS, qui se sont attablés à droite et à gauche et auxquels on sert à boire et à manger.

CYRANO, *saluant d'un air goguenard ceux qui sortent sans oser le saluer*
Messieurs… Messieurs… Messieurs…

LE BRET, *désolé, redescendant, les bras au ciel*
Ah ! dans quels jolis draps…

CYRANO
Oh ! toi ! tu vas grogner !

LE BRET
Enfin, tu conviendras
Qu'assassiner toujours la chance passagère,
Devient exagéré.

CYRANO
Hé bien oui, j'exagère !

LE BRET, *triomphant*
Ah !

CYRANO
Mais pour le principe, et pour l'exemple aussi,
Je trouve qu'il est bon d'exagérer ainsi.

LE BRET
Si tu laissais un peu ton âme mousquetaire
La fortune et la gloire…

CYRANO
Et que faudrait-il faire ?
Chercher un protecteur puissant, prendre un patron,
Et comme un lierre obscur qui circonvient un tronc
Et s'en fait un tuteur en lui léchant l'écorce,
Grimper par ruse au lieu de s'élever par force ?

Non, merci. Dédier, comme tous ils le font,
Des vers aux financiers ? se changer en bouffon
Dans l'espoir vil de voir, aux lèvres d'un ministre,
Naître un sourire, enfin, qui ne soit pas sinistre ?
Non, merci. Déjeuner, chaque jour, d'un crapaud ?
Avoir un ventre usé par la marche ? une peau
Qui plus vite, à l'endroit des genoux, devient sale ?
Exécuter des tours de souplesse dorsale ?...
Non, merci. D'une main flatter la chèvre au cou
Cependant que, de l'autre, on arrose le chou,
Et donneur de séné par désir de rhubarbe,
Avoir un encensoir, toujours, dans quelque barbe ?
Non, merci ! Se pousser de giron en giron,
Devenir un petit grand homme dans un rond,
Et naviguer, avec des madrigaux pour rames,
Et dans ses voiles des soupirs de vieilles dames ?
Non, merci ! Chez le bon éditeur de Sercy
Faire éditer ses vers en payant ? Non, merci !
S'aller faire nommer pape par les conciles
Que dans les cabarets tiennent des imbéciles ?
Non, merci ! Travailler à se construire un nom
Sur un sonnet, au lieu d'en faire d'autres ? Non,
Merci ! Ne découvrir du talent qu'aux mazettes ?
Être terrorisé par de vagues gazettes,
Et se dire sans cesse : « Oh, pourvu que je sois
Dans les petits papiers du Mercure François ? »...
Non, merci ! Calculer, avoir peur, être blême,
Préférer faire une visite qu'un poème,
Rédiger des placets, se faire présenter ?
Non, merci ! non, merci ! non, merci ! Mais... chanter,
Rêver, rire, passer, être seul, être libre,
Avoir l'œil qui regarde bien, la voix qui vibre,
Mettre, quand il vous plaît, son feutre de travers,
Pour un oui, pour un non, se battre, — ou faire un vers !
Travailler sans souci de gloire ou de fortune,
À tel voyage, auquel on pense, dans la lune !
N'écrire jamais rien qui de soi ne sortît,
Et modeste d'ailleurs, se dire : mon petit,
Sois satisfait des fleurs, des fruits, même des feuilles,
Si c'est dans ton jardin à toi que tu les cueilles !
Puis, s'il advient d'un peu triompher, par hasard,
Ne pas être obligé d'en rien rendre à César,

Vis-à-vis de soi-même en garder le mérite,
Bref, dédaignant d'être le lierre parasite,
Lors même qu'on n'est pas le chêne ou le tilleul,
Ne pas monter bien haut, peut-être, mais tout seul !

LE BRET

Tout seul, soit ! mais non pas contre tous ! Comment diable
As-tu donc contracté la manie effroyable
De te faire toujours, partout, des ennemis ?

CYRANO

À force de vous voir vous faire des amis,
Et rire à ces amis dont vous avez des foules,
D'une bouche empruntée au derrière des poules !
J'aime raréfier sur mes pas les saluts,
Et m'écrie avec joie : un ennemi de plus !

LE BRET

Quelle aberration !

CYRANO

Eh bien ! oui, c'est mon vice.
Déplaire est mon plaisir. J'aime qu'on me haïsse.
Mon cher, si tu savais comme l'on marche mieux
Sous la pistolétade excitante des yeux !
Comme, sur les pourpoints, font d'amusantes taches
Le fiel des envieux et la bave des lâches !
— Vous, la molle amitié dont vous vous entourez,
Ressemble à ces grands cols d'Italie, ajourés
Et flottants, dans lesquels votre cou s'efféminne
On y est plus à l'aise… et de moins haute mine,
Car le front n'ayant pas de maintien ni de loi,
S'abandonne à pencher dans tous les sens. Mais moi,
La Haine, chaque jour, me tuyaute et m'apprête
La fraise dont l'empois force à lever la tête ;
Chaque ennemi de plus est un nouveau godron
Qui m'ajoute une gêne, et m'ajoute un rayon
Car, pareille en tous points à la fraise espagnole,
La Haine est un carcan, mais c'est une auréole !

LE BRET, *après un silence,*
passant son bras sous le sien
Fais tout haut l'orgueilleux et l'amer, mais tout bas,
Dis-moi tout simplement qu'elle ne t'aime pas !

CYRANO, *vivement*

Tais-toi !

Depuis un moment, Christian est entré, s'est mêlé aux cadets ; ceux-ci ne lui adressent pas la parole ; il a fini par s'asseoir seul à une petite table où Lise le sert.

Scène IX

CYRANO, LE BRET, LES CADETS, CHRISTIAN DE NEUVILLETTE.

UN CADET, *assis à une table du fond, le verre en main*
Hé ! Cyrano !
Cyrano se retourne.
Le récit ?

CYRANO
Tout à l'heure !
Il remonte au bras de Le Bret. Ils causent bas.

LE CADET, *se levant, et descendant*
Le récit du combat ! Ce sera la meilleure
Leçon
Il s'arrête devant la table où est Christian.
Pour ce timide apprentif !

CHRISTIAN, *levant la tête*
Apprentif ?

UN AUTRE CADET
Oui, septentrional maladif !

CHRISTIAN
Maladif ?

PREMIER CADET, *goguenard*
Monsieur de Neuvillette, apprenez quelque chose
C'est qu'il est un objet, chez nous, dont on ne cause
Pas plus que de cordon dans l'hôtel d'un pendu !

CHRISTIAN
Qu'est-ce ?

UN AUTRE CADET, *d'une voix terrible*
Regardez-moi !
Il pose trois fois, mystérieusement, son doigt sur son nez.
M'avez-vous entendu ?

CHRISTIAN
Ah ! c'est le…

UN AUTRE
Chut !… jamais ce mot ne se profère !
Il montre Cyrano qui cause au fond avec Le Bret.
Ou c'est à lui, là-bas, que l'on aurait affaire !

UN AUTRE, *qui, pendant qu'il était tourné vers les premiers, est venu sans bruit s'asseoir sur la table, dans son dos*
Deux nasillards par lui furent exterminés
Parce qu'il lui déplut qu'ils parlassent du nez !

UN AUTRE, *d'une voix caverneuse, surgissant de sous la table*
Où il s'est glissé à quatre pattes
On ne peut faire, sans défuncter avant l'âge,
La moindre allusion au fatal cartilage !

UN AUTRE, *lui posant la main sur l'épaule*
Un mot suffit ! Que dis-je, un mot ? Un geste, un seul !
Et tirer son mouchoir, c'est tirer son linceul !
Silence.
Tous autour de lui, les bras croisés, le regardent.
Il se lève et va à Carbon de Castel-Jaloux qui, causant avec un officier, a l'air de ne rien voir.

CHRISTIAN
Capitaine !

CARBON, *se retournant et le toisant*
Monsieur ?

CHRISTIAN
Que fait-on quand on trouve
Des méridionaux trop vantards ?…

CARBON
On leur prouve
Qu'on peut être du Nord et courageux.
Il lui tourne le dos.

CHRISTIAN

Merci.

PREMIER CADET, *à Cyrano*

Maintenant, ton récit !

TOUS

Son récit !

CYRANO, *redescendant vers eux*

Mon récit ?…
Tous rapprochent leurs escabeaux, se groupent autour de lui, tendent le col. Christian s'est mis à cheval sur une chaise.
Eh bien ! donc je marchais tout seul, à leur rencontre.
La lune, dans le ciel, luisait comme une montre,
Quand soudain, je ne sais quel soigneux horloger
S'étant mis à passer un coton nuager
Sur le boîtier d'argent de cette montre ronde,
Il se fit une nuit la plus noire du monde,
Et les quais n'étant pas du tout illuminés,
Mordious ! on n'y voyait pas plus loin…

CHRISTIAN

Que son nez.
Silence. Tout le monde se lève lentement. On regarde Cyrano avec terreur. Celui-ci s'est interrompu, stupéfait. Attente.

CYRANO

Qu'est-ce que c'est que cet homme-là ?

UN CADET, *à mi-voix*

C'est un homme
Arrivé ce matin.

CYRANO, *faisant un pas vers Christian*

Ce matin ?

CARBON, *à mi-voix*

Il se nomme
Le baron de Neuvil…

CYRANO, *vivement, s'arrêtant*

Ah ! c'est bien...
Il pâlit, rougit, a encore un mouvement pour se jeter sur Christian.
Je...
Puis, il se domine, et dit d'une voix sourde.
Très bien...
Il reprend.
Je disais donc...
Avec un éclat de rage dans la voix.
Mordious !...
Il continue d'un ton naturel.
... que l'on n'y voyait rien.
Stupeur. On se rassied en se regardant.
Et je marchais, songeant que pour un gueux fort mince
J'allais mécontenter quelque grand, quelque prince,
Qui m'aurait sûrement...

CHRISTIAN

Dans le nez...
Tout le monde se lève. Christian se balance sur sa chaise.

CYRANO, *d'une voix étranglée*

Une dent,
Qui m'aurait une dent... et qu'en somme, imprudent,
J'allais fourrer...

CHRISTIAN

Le nez...

CYRANO

Le doigt... entre l'écorce
Et l'arbre, car ce grand pouvait être de force
À me faire donner...

CHRISTIAN

Sur le nez...

CYRANO, *essuyant la sueur à son front*

Sur les doigts.
— Mais j'ajoutai : Marche, Gascon, fais ce que dois !
Va, Cyrano ! Et ce disant, je me hasarde,
Quand, dans l'ombre, quelqu'un me porte...

CHRISTIAN
Une nasarde.

CYRANO
Je la pare et soudain me trouve…

CHRISTIAN
Nez à nez…

CYRANO, *bondissant vers lui*
Ventre-Saint-Gris !
Tous les Gascons se précipitent pour voir ; arrivé sur Christian, il se maîtrise et continue.
Avec cent braillards avinés
Qui puaient…

CHRISTIAN
À plein nez…

CYRANO, *blême et souriant*
L'oignon et la litharge !
Je bondis, front baissé…

CHRISTIAN
Nez au vent !

CYRANO
Et je charge !
J'en estomaque deux ! J'en empale un tout vif !
Quelqu'un m'ajuste : Paf ! et je riposte…

CHRISTIAN
Pif !

CYRANO, *éclatant*
Tonnerre ! Sortez tous !
Tous les cadets se précipitent vers les portes.

PREMIER CADET
C'est le réveil du tigre !

CYRANO
Tous ! Et laissez-moi seul avec cet homme !

DEUXIÈME CADET
Bigre !
On va le retrouver en hachis !

RAGUENEAU
En hachis ?

UN AUTRE CADET
Dans un de vos pâtés !

RAGUENEAU
Je sens que je blanchis,
Et que je m'amollis comme une serviette !

CARBON
Sortons !

UN AUTRE
Il n'en va pas laisser une miette !

UN AUTRE
Ce qui va se passer ici, j'en meurs d'effroi !

UN AUTRE, *refermant la porte de droite*
Quelque chose d'épouvantable !

Ils sont tous sortis, — soit par le fond, soit par les côtés, — quelques-uns ont disparu par l'escalier. Cyrano et Christian restent face à face, et se regardent un moment.

Scène X

CYRANO, CHRISTIAN

CYRANO

Embrasse-moi !

CHRISTIAN

Monsieur…

CYRANO

Brave.

CHRISTIAN

Ah çà ! mais !…

CYRANO

Très brave. Je préfère.

CHRISTIAN

Me direz-vous ?…

CYRANO

Embrasse-moi. Je suis son frère.

CHRISTIAN

De qui ?

CYRANO

Mais d'elle !

CHRISTIAN

Hein ?…

CYRANO

Mais de Roxane !

CHRISTIAN, *courant à lui*

Ciel !
Vous, son frère ?

CYRANO
Ou tout comme : un cousin fraternel.

CHRISTIAN
Elle vous a ?…

CYRANO
Tout dit !

CHRISTIAN
M'aime-t-elle ?

CYRANO
Peut-être !

CHRISTIAN, *lui prenant les mains*
Comme je suis heureux, Monsieur, de vous connaître !

CYRANO
Voilà ce qui s'appelle un sentiment soudain.

CHRISTIAN
Pardonnez-moi…

CYRANO, *le regardant, et lui mettant la main sur l'épaule*
C'est vrai qu'il est beau, le gredin !

CHRISTIAN
Si vous saviez, Monsieur, comme je vous admire !

CYRANO
Mais tous ces nez que vous m'avez…

CHRISTIAN
Je les retire !

CYRANO
Roxane attend ce soir une lettre…

CHRISTIAN
Hélas !

CYRANO
Quoi !

CHRISTIAN
C'est de me perdre que de cesser de rester coi !

CYRANO
Comment ?

CHRISTIAN
Las ! je suis sot à m'en tuer de honte !

CYRANO
Mais non, tu ne l'es pas puisque tu t'en rends compte.
D'ailleurs, tu ne m'as pas attaqué comme un sot.

CHRISTIAN
Bah ! on trouve des mots quand on monte à l'assaut !
Oui, j'ai certain esprit facile et militaire,
Mais je ne sais, devant les femmes, que me taire.
Oh ! leurs yeux, quand je passe, ont pour moi des bontés…

CYRANO
Leurs cœurs n'en ont-ils plus quand vous vous arrêtez ?

CHRISTIAN
Non ! car je suis de ceux, — je le sais… et je tremble ! —
Qui ne savent parler d'amour.

CYRANO
Tiens !… Il me semble
Que si l'on eût pris soin de me mieux modeler,
J'aurais été de ceux qui savent en parler.

CHRISTIAN
Oh ! pouvoir exprimer les choses avec grâce !

CYRANO
Être un joli petit mousquetaire qui passe !

CHRISTIAN
Roxane est précieuse et sûrement je vais

Désillusionner Roxane !

CYRANO, *regardant Christian*
Si j'avais
Pour exprimer mon âme un pareil interprète !

CHRISTIAN, *avec désespoir*
Il me faudrait de l'éloquence !

CYRANO, *brusquement*
Je t'en prête !
Toi du charme physique et vainqueur, prête-m'en
Et faisons à nous deux un héros de roman !

CHRISTIAN
Quoi ?

CYRANO
Te sentirais-tu de répéter les choses
Que chaque jour je t'apprendrais ?...

CHRISTIAN
Tu me proposes ?...

CYRANO
Roxane n'aura pas de désillusion !
Dis, veux-tu qu'à nous deux nous la séduisions ?
Veux-tu sentir passer, de mon pourpoint de buffle
Dans ton pourpoint brodé, l'âme que je t'insuffle !...

CHRISTIAN
Mais, Cyrano !...

CYRANO
Christian, veux-tu ?

CHRISTIAN
Tu me fais peur !

CYRANO
Puisque tu crains, tout seul, de refroidir son cœur,
Veux-tu que nous fassions — et bientôt tu l'embrases ! —

Collaborer un peu tes lèvres et mes phrases ?…

CHRISTIAN
Tes yeux brillent !…

CYRANO
Veux-tu ?…

CHRISTIAN
Quoi ! cela te ferait
Tant de plaisir ?…

CYRANO, *avec enivrement*
Cela…
Se reprenant, et en artiste.
Cela m'amuserait !
C'est une expérience à tenter un poète.
Veux-tu me compléter et que je te complète ?
Tu marcheras, j'irai dans l'ombre à ton côté
Je serai ton esprit, tu seras ma beauté.

CHRISTIAN
Mais la lettre qu'il faut, au plus tôt, lui remettre !
Je ne pourrai jamais…

CYRANO, *sortant de son pourpoint la lettre qu'il a écrite*
Tiens, la voilà, ta lettre !

CHRISTIAN
Comment ?

CYRANO
Hormis l'adresse, il n'y manque plus rien.

CHRISTIAN
Je…

CYRANO
Tu peux l'envoyer. Sois tranquille. Elle est bien.

CHRISTIAN
Vous aviez ?…

CYRANO

Nous avons toujours, nous, dans nos poches,
Des épîtres à des Chloris… de nos caboches,
Car nous sommes ceux-là qui ont pour amantes n'ont
Que du rêve soufflé dans la bulle d'un nom !…
Prends, et tu changeras en vérités ces feintes ;
Je lançais au hasard ces aveux et ces plaintes
Tu verras se poser tous ces oiseaux errants.
Tu verras que je fus dans cette lettre — prends ! —
D'autant plus éloquent que j'étais moins sincère !
— Prends donc, et finissons !

CHRISTIAN

N'est-il pas nécessaire
De changer quelques mots ? Écrite en divaguant,
Ira-t-elle à Roxane ?

CYRANO

Elle ira comme un gant !

CHRISTIAN

Mais…

CYRANO

La crédulité de l'amour-propre est telle,
Que Roxane croira que c'est écrit pour elle !

CHRISTIAN

Ah ! mon ami !
Il se jette dans les bras de Cyrano. Ils restent embrassés.

Scène XI

CYRANO, CHRISTIAN, LES GASCONS, LE MOUSQUETAIRE, LISE

UN CADET, *entr'ouvrant la porte*
Plus rien… Un silence de mort…
Je n'ose regarder…
Il passe la tête.
Hein ?

TOUS LES CADETS, *entrant et voyant Cyrano et Christian qui s'embrassent*
Ah !… Oh !…

UN CADET
C'est trop fort !
Consternation.

LE MOUSQUETAIRE, *goguenard*
Ouais ?…

CARBON
Notre démon est doux comme un apôtre !
Quand sur une narine on le frappe, — il tend l'autre ?

LE MOUSQUETAIRE
On peut donc lui parler de son nez, maintenant ?…
Appelant Lise, d'un air triomphant.
— Eh ! Lise ! Tu vas voir !
Humant l'air avec affectation.
Oh !… oh !… c'est surprenant !
Quelle odeur !…
Allant à Cyrano, dont il regarde le nez avec impertinence.
Mais monsieur doit l'avoir reniflée ?
Qu'est-ce que cela sent ici ?…

CYRANO, *le souffletant*
La giroflée !
Joie. Les cadets ont retrouvé Cyrano : ils font des culbutes.

RIDEAU

Troisième Acte

Le baiser de Roxane

Une petite place dans l'ancien Marais. Vieilles maisons.
Perspectives de ruelles. À droite, la maison de Roxane et le mur de son jardin que débordent de larges feuillages. Au-dessus de la porte, fenêtre et balcon. Un banc devant le seuil.
Du lierre grimpe au mur, du jasmin enguirlande le balcon, frissonne et retombe.
Par le banc et les pierres en saillie du mur, on peut facilement grimper au balcon.
En face, une ancienne maison de même style, brique et pierre, avec une porte d'entrée. Le heurtoir de cette porte est emmailloté de linge comme un pouce malade.
Au lever du rideau, la duègne est assise sur le banc. La fenêtre est grande ouverte sur le balcon de Roxane.
Prés de la duègne se tient debout Ragueneau, vêtu d'une sorte de livrée : il termine un récit en s'essuyant les yeux.

Scène Première

RAGUENEAU, LA DUÈGNE, puis ROXANE, CYRANO et DEUX PAGES

RAGUENEAU
… Et puis, elle est partie avec un mousquetaire !
Seul, ruiné, je me pends. J'avais quitté la terre.
Monsieur de Bergerac entre, et, me dépendant,
Me vient à sa cousine offrir comme intendant.

LA DUÈGNE
Mais comment expliquer cette ruine où vous êtes ?

RAGUENEAU
Lise aimait les guerriers, et j'aimais les poètes !
Mars mangeait les gâteaux que laissaient Apollon
— Alors, vous comprenez, cela ne fut pas long !

LA DUÈGNE, *se levant et appelant vers la fenêtre ouverte*
Roxane, êtes-vous prête ?… On nous attend !

LA VOIX DE ROXANE, *par la fenêtre*
Je passe
Une mante !

LA DUÈGNE, *à Ragueneau, lui montrant la porte d'en face*
C'est là qu'on nous attend, en face.
Chez Clomire. Elle tient bureau, dans son réduit.
On y lit un discours sur le Tendre, aujourd'hui.

RAGUENEAU
Sur le Tendre ?

LA DUÈGNE, *minaudant*
Mais oui !…
Criant vers la fenêtre.
Roxane, il faut descendre,
Ou nous allons manquer le discours sur le Tendre !

LA VOIX DE ROXANE

Je viens !
On entend un bruit d'instruments à cordes qui se rapproche.

LA VOIX DE CYRANO, *chantant dans la coulisse*
La ! la ! la ! la !

LA DUÈGNE, *surprise*
On nous joue un morceau ?

CYRANO, *suivi de deux pages porteurs de théorbes*
Je vous dis que la croche est triple, triple sot !

PREMIER PAGE, *ironique*
Vous savez donc, Monsieur, si les croches sont triples ?

CYRANO
Je suis musicien, comme tous les disciples
De Gassendi !

LE PAGE, *jouant et chantant*
La ! la !

CYRANO, *lui arrachant le théorbe*
et continuant la phrase musicale
Je peux continuer !...
La ! la ! la ! la !

ROXANE, *paraissant sur le balcon*
C'est vous ?

CYRANO, *chantant sur l'air qu'il continue*
Moi qui viens saluer
Vos lys, et présenter mes respects à vos ro...ses !

ROXANE
Je descends !
Elle quitte le balcon.

LA DUÈGNE, *montrant les pages*
Qu'est-ce donc que ces deux virtuoses ?

CYRANO

C'est un pari que j'ai gagné sur d'Assoucy.
Nous discutions un point de grammaire. — Non ! — Si ! —
Quand soudain me montrant ces deux escogriffes
Habiles à gratter les cordes de leurs griffes,
Et dont il fait toujours son escorte, il me dit
« Je te parie un jour de musique ! » Il perdit.
Jusqu'à ce que Phoebus recommence son orbe,
J'ai donc sur mes talons ces joueurs de théorbe,
De tout ce que je fais harmonieux témoins !…
Ce fut d'abord charmant, et ce l'est déjà moins.
Aux musiciens.
Hep !… Allez de ma part jouer un pavane
À Montfleury !…
Les pages remontent pour sortir. — À la duègne.
Je viens demander à Roxane
Ainsi que chaque soir…
Aux pages qui sortent.
Jouez longtemps, — et faux !
À la duègne.
… Si l'ami de son cœur est toujours sans défauts ?

ROXANE, *sortant de la maison*

Ah ! qu'il est beau, qu'il a d'esprit et que je l'aime !

CYRANO, *souriant*

Christian a tant d'esprit ?…

ROXANE

Mon cher, plus que vous-même !

CYRANO

J'y consens.

ROXANE

Il ne peut exister à mon goût
Plus fin diseur de ces jolis rien qui sont tout.
Parfois il est distrait, ses Muses sont absentes ;
Puis, tout à coup, il dit des choses ravissantes !

CYRANO, *incrédule*

Non ?

ROXANE
C'est trop fort ! Voilà comme les hommes sont
Il n'aura pas d'esprit puisqu'il est beau garçon !

CYRANO
Il sait parler du cœur d'une façon experte ?

ROXANE
Mais il n'en parle pas, Monsieur, il en disserte !

CYRANO
Il écrit ?

ROXANE
Mieux encor ! Écoutez donc un peu
Déclamant.
« Plus tu me prends de cœur, plus j'en ai !... »
Triomphante.
Eh bien !

CYRANO
Peuh !...

ROXANE
Et ceci : « Pour souffrir, puisqu'il m'en faut un autre,
Si vous gardez mon cœur, envoyez-moi le vôtre ! »

CYRANO
Tantôt il en a trop et tantôt pas assez.
Qu'est-ce au juste qu'il veut, de cœur ?...

ROXANE, *frappant du pied*
Vous m'agacez !
C'est la jalousie...

CYRANO, *tressaillant*
Hein !...

ROXANE
... d'auteur qui vous dévore !
— Et ceci, n'est-il pas du dernier tendre encore ?
« Croyez que devers vous mon cœur ne fait qu'un cri,

Et que si les baisers s'envoyaient par écrit,
Madame, vous liriez ma lettre avec les lèvres !... »

    CYRANO, *souriant malgré lui de satisfaction*
Ha ! ha ! ces lignes-là sont... hé ! hé !
Se reprenant et avec dédain.
Mais bien mièvres !

    ROXANE

Et ceci...

    CYRANO, *ravi*
Vous savez donc ses lettres par cœur ?

    ROXANE

Toutes !

    CYRANO, *frisant sa moustache*
Il n'y a pas à dire : c'est flatteur !

    ROXANE

C'est un maître !

    CYRANO, *modeste*

Oh !... un maître !...

    ROXANE, *péremptoire*

Un maître !...

    CYRANO, *saluant*

Soit !... un maître !...

    LA DUÈGNE, *qui était remontée, redescend vivement*
Monsieur de Guiche !
À Cyrano, le poussant vers la maison.
Entrez !... car il vaut mieux, peut-être,
Qu'il ne vous trouve pas ici ; Cela pourrait
Le mettre sur la piste...

    ROXANE, *à Cyrano*
Oui, de mon cher secret !
Il m'aime, il est puissant, il ne faut pas qu'il sache !

Il peut dans mes amours donner un coup de hache !

CYRANO, *entrant dans la maison*
Bien ! bien ! bien !
De Guiche paraît.

Scène II

ROXANE, DE GUICHE, LA DUÈGNE à l'écart.

ROXANE, *à de Guiche, lui faisant une révérence*
Je sortais.

DE GUICHE
Je viens prendre congé.

ROXANE
Vous partez ?

DE GUICHE
Pour la guerre.

ROXANE
Ah !

DE GUICHE
Ce soir même.

ROXANE
Ah !

DE GUICHE
J'ai
Des ordres. On assiège Arras.

ROXANE
Ah !… on assiège ?…

DE GUICHE
Oui… Mon départ a l'air de vous laisser de neige.

ROXANE, *poliment*
Oh !…

DE GUICHE
Moi, je suis navré. Vous reverrai-je ?… Quand ?
— Vous savez que je suis nommé mestre de camp ?

ROXANE, *indifférente*

Bravo.

DE GUICHE

Du régiment des gardes.

ROXANE, *saisie*

Ah ! des gardes ?

DE GUICHE

Où sert votre cousin, l'homme aux phrases vantardes.
Je saurai me venger de lui, là-bas.

ROXANE, *suffoquée*

Comment !
Les gardes vont là-bas ?

DE GUICHE, *riant*

Tiens ! c'est mon régiment !

ROXANE, *tombant assise sur le banc, — à part*

Christian !

DE GUICHE

Qu'avez-vous ?

ROXANE, *toute émue*

Ce... départ... me désespère !
Quand on tient à quelqu'un, le savoir à la guerre !

DE GUICHE, *surpris et charmé*

Pour la première fois me dire un mot si doux,
Le jour de mon départ !

ROXANE, *changeant de ton et s'éventant*

Alors, — vous allez vous
Venger de mon cousin ?...

DE GUICHE, *souriant*

On est pour lui ?

ROXANE

Non, — contre !

DE GUICHE

Vous le voyez ?

ROXANE

Très peu.

DE GUICHE

Partout on le rencontre
Avec un des cadets…
Il cherche le nom.
ce Neu… villen… viller…

ROXANE

Un grand ?

DE GUICHE

Blond.

ROXANE

Roux.

DE GUICHE

Beau !

ROXANE

Peuh !

DE GUICHE

Mais bête.

ROXANE

Il en a l'air !
Changeant de ton.
… Votre vengeance envers Cyrano, — c'est peut-être
De l'exposer au feu, qu'il adore ?… Elle est piètre !
Je sais bien, moi, ce qui lui serait sanglant !

DE GUICHE

C'est ?…

ROXANE

Mais si le régiment, en partant, le laissait
Avec ses chers cadets, pendant toute la guerre,
À Paris, bras croisés !… C'est la seule manière,
Un homme comme lui, de le faire enrager
Vous voulez le punir ? privez-le de danger.

DE GUICHE

Une femme ! une femme ! il n'y a qu'une femme
Pour inventer ce tour !

ROXANE

Il se rongera l'âme,
Et ses amis les poings, de n'être pas au feu
Et vous serez vengé !

DE GUICHE, *se rapprochant*

Vous m'aimez donc un peu !
Elle sourit.
Je veux voir dans ce fait d'épouser ma rancune
Une preuve d'amour, Roxane !…

ROXANE

C'en est une.

DE GUICHE, *montrant plusieurs plis cachetés*

J'ai les ordres sur moi qui vont être transmis
À chaque compagnie, à l'instant même, hormis…
Il en détache un.
Celui-ci ! C'est celui des cadets.
Il le met dans sa poche.
Je le garde.
Riant.
Ah ! ah ! ah ! Cyrano !… Son humeur bataillarde !…
— Vous jouez donc des tours aux gens, vous ?…

ROXANE, *le regardant*

Quelquefois.

DE GUICHE, *tout près d'elle*

Vous m'affolez ! Ce soir-écoutez- oui, je dois
Être parti. Mais fuir quand je vous sens émue !…

Écoutez. Il y a, près d'ici dans la rue
D'Orléans, un couvent fondé par le syndic
Des capucins, le Père Athanase. Un laïc
N'y peut entrer. Mais les bons Pères, je m'en charge !…
Ils peuvent me cacher dans leur manche : elle est large.
— Ce sont les capucins qui servent Richelieu
Chez lui ; redoutant l'oncle, ils craignent le neveu. —
On me croira parti. Je viendrai sous le masque.
Laisse-moi retarder d'un jour, chère fantasque !

ROXANE, *vivement*

Mais si cela s'apprend, votre gloire…

DE GUICHE

Bah !

ROXANE

Mais
Le siège, Arras…

DE GUICHE

Tant pis ! Permettez !

ROXANE

Non !

DE GUICHE

Permets !

ROXANE, *tendrement*

Je dois vous le défendre !

DE GUICHE

Ah !

ROXANE

Partez !
À part.
Christian reste.
Haut.
Je vous veux héroïque, — Antoine !

DE GUICHE

Mot céleste !
Vous aimez donc celui ?…

ROXANE

Pour lequel j'ai frémi.

DE GUICHE, *transporté de joie*

Je pars !
Il lui baise la main.
Êtes-vous contente ?

ROXANE

Oui, mon ami !
Il sort.

LA DUÈGNE, *lui faisant dans le dos une révérence comique*
Oui mon ami !

ROXANE, *à la duègne*
Taisons ce que je viens de faire
Cyrano m'en voudrait de lui voler sa guerre !
Elle appelle vers la maison.
Cousin !

Scène III

ROXANE, LA DUÈGNE, CYRANO.

ROXANE

Nous allons chez Clomire.
Elle désigne la porte d'en face.
Alcandre y doit
Parler, et Lysimon !

LA DUÈGNE, *mettant son petit doigt dans son oreille*

Oui ! mais mon petit doigt
Dit qu'on va les manquer !

CYRANO, *à Roxane*

Ne manquer pas ces singes.
Ils sont arrivé devant la porte de Clomire.

LA DUÈGNE, *avec ravissement*

Oh ! voyez ! le heurtoir est entouré de linges !…
Au heurtoir.
On vous a bâillonné pour que votre métal
Ne troublât pas les beaux discours, — petit brutal !
Elle le soulève avec des soins infinis et frappe doucement.

ROXANE, *voyant qu'on ouvre*

Entrons !…
Du seuil, à Cyrano.
Si Christian vient, comme je présume,
Qu'il m'attende !

CYRANO, *vivement comme elle va disparaître*

Ah !…
Elle se retourne.
Sur quoi, selon votre coutume,
Comptez-vous aujourd'hui l'interroger ?

ROXANE

Sur…

CYRANO, *vivement*
Sur ?

ROXANE
Mais vous serez muet, là-dessus !

CYRANO
Comme un mur.

ROXANE
Sur rien !... Je vais lui dire : Allez ! Partez sans bride !
Improvisez. Parlez d'amour. Soyez splendide !

CYRANO, *souriant*
Bon.

ROXANE
Chut !...

CYRANO
Chut !...

ROXANE
Pas un mot !...
Elle rentre et referme la porte.

CYRANO, *la saluant, la porte une fois fermée*
En vous remerciant.
La porte se rouvre et Roxane passe la tête.

ROXANE
Il se préparerait !...

CYRANO
Diable, non !...

TOUS LES DEUX, *ensemble*
Chut !...
La porte se ferme.

CYRANO, *appelant*
Christian !

Scène IV

CYRANO, CHRISTIAN.

CYRANO

Je sais tout ce qu'il faut. Prépare ta mémoire.
Voici l'occasion de se couvrir de gloire.
Ne perdons pas de temps. Ne prends pas l'air grognon.
Vite, rentrons chez toi, je vais t'apprendre…

CHRISTIAN

Non !

CYRANO

Hein ?

CHRISTIAN

Non ! J'attends Roxane ici.

CYRANO

De quel vertige
Es-tu frappé ? Viens vite apprendre…

CHRISTIAN

Non, te dis-je !
Je suis las d'emprunter mes lettres, mes discours,
Et de jouer ce rôle, et de trembler toujours !…
C'était bon au début ! Mais je sens qu'elle m'aime !
Merci. Je n'ai plus peur. Je vais parler moi-même.

CYRANO

Ouais !

CHRISTIAN

Et qui te dit que je ne saurai pas ?…
Je ne suis pas si bête à la fin !
Tu verras !
Mais, mon cher, tes leçons m'ont été profitables.
Je saurai parler seul ! Et, de par tous les diables,
Je saurai bien toujours la prendre dans mes bras !…

Apercevant Roxane, qui ressort de chez Clomire.
— C'est elle ! Cyrano, non, ne me quitte pas !

CYRANO, *le saluant*

Parlez tout seul, Monsieur.
Il disparaît derrière le mur du jardin.

Scène V

CHRISTIAN, ROXANE, quelques Précieux et Précieuses, et la duègne, un instant.

ROXANE, *sortant de la maison de Clomire avec une compagnie qu'elle quitte : révérences et saluts*
Barthénoïde ! — Alcandre ! — Grémione !…

LA DUÈGNE, *désespérée*
On a manqué le discours sur le Tendre !
Elle rentre chez Roxane.

ROXANE, *saluant encore*
Urimédonte… Adieu !…
Tous saluent Roxane, se resaluent entre eux, se séparent et s'éloignent par différentes rues. Roxane voit Christian.
C'est vous !…
Elle va à lui.
Le soir descend.
Attendez. Ils sont loin. L'air est doux. Nul passant.
Asseyons-nous. Parlez. J'écoute.

CHRISTIAN, *s'assied près d'elle, sur le banc. Un silence.*
Je vous aime.

ROXANE, *fermant les yeux*
Oui, parlez-moi d'amour.

CHRISTIAN
Je t'aime.

ROXANE
C'est le thème.
Brodez, brodez.

CHRISTIAN
Je vous…

ROXANE

Brodez !

CHRISTIAN

Je t'aime tant.

ROXANE

Sans doute. Et puis ?

CHRISTIAN

Et puis… je serai si content
Si vous m'aimiez ! — Dis-moi, Roxane, que tu m'aimes !

ROXANE, *avec une moue*

Vous m'offrez du brouet quand j'espérais des crèmes !
Dites un peu comment vous m'aimez ?…

CHRISTIAN

Mais… beaucoup.

ROXANE

Oh !… Délabyrinthez vos sentiments !

CHRISTIAN, *qui s'est rapproché et dévore des yeux la nuque blonde*
Ton cou !
Je voudrais l'embrasser !…

ROXANE

Christian !

CHRISTIAN

Je t'aime !

ROXANE, *voulant se lever*

Encore !

CHRISTIAN, *vivement, la retenant*
Non, je ne t'aime pas !

ROXANE, *se rasseyant*

C'est heureux.

CHRISTIAN
Je t'adore !

ROXANE, *se levant et s'éloignant*
Oh !

CHRISTIAN
Oui… je deviens sot !

ROXANE
Et cela me déplaît !
Comme il me déplairait que vous devinssiez laid.

CHRISTIAN
Mais…

ROXANE
Allez rassembler votre éloquence en fuite !

CHRISTIAN
Je…

ROXANE
Vous m'aimez, je sais. Adieu.
Elle va vers la maison.

CHRISTIAN
Pas tout de suite !
Je vous dirai…

ROXANE, *poussant la porte pour rentrer*
Que vous m'adorez… oui, je sais.
Non ! non !
Allez-vous-en !

CHRISTIAN
Mais je…
Elle lui ferme la porte au nez.

CYRANO, *qui depuis un moment est rentré sans être vu*
C'est un succès.

Scène VI

CHRISTIAN, CYRANO, les Pages, un instant.

CHRISTIAN
Au secours !

CYRANO
Non, monsieur.

CHRISTIAN
Je meurs si je ne rentre
En grâce, à l'instant même…

CYRANO
Et comment puis-je, diantre !
Vous faire à l'instant même, apprendre ?…

CHRISTIAN, *lui saisissant le bras*
Oh ! là, tiens, vois !
La fenêtre du balcon s'est éclairée.

CYRANO, *ému*
Sa fenêtre !

CHRISTAN, *criant*
Je vais mourir !

CYRANO
Baissez la voix !

CHRISTIAN, *tout bas*
Mourir !…

CYRANO
La nuit est noire…

CHRISTIAN
Eh bien ?

CYRANO
C'est réparable !
Vous ne méritez pas… Mets-toi là, misérable !
Là, devant le balcon ! Je me mettrai dessous…
Et je te soufflerai tes mots.

CHRISTIAN
Mais…

CYRANO
Taisez-vous !

LES PAGES, *reparaissant au fond, à Cyrano*
Hep

CYRANO
Chut !…
Il leur fait signe de parler bas.

PREMIER PAGE, *à mi-voix*
Nous venons de donner la sérénade
À Montfleury !…

CYRANO, *bas, vite*
Allez vous mettre en embuscade
L'un à ce coin de rue, et l'autre à celui-ci ;
Et si quelque passant gênant vient par ici,
Jouez un air !

DEUXIÈME PAGE
Quel air, monsieur le gassendiste ?

CYRANO
Joyeux pour une femme, et pour un homme, triste !
Les pages disparaissent, un à chaque coin de rue.
— *À Christian.*
Appelle-la !

CHRISTIAN
Roxane !

CYRANO, *ramassant des cailloux qu'il jette dans les vitres*
Attends ! Quelques cailloux.

Scène VII

ROXANE, CHRISTIAN, CYRANO, d'abord caché sous le balcon.

ROXANE, *entrouvrant sa fenêtre*
Qui donc m'appelle ?

CHRISTIAN
Moi.

ROXANE
Qui, moi ?

CHRISTIAN
Christian.

ROXANE, *avec dédain*
C'est vous ?

CHRISTIAN
Je voudrais vous parler.

CYRANO, *sous le balcon, à Christian*
Bien. Bien.
Presque à voix basse.

ROXANE
Non ! Vous parlez trop mal. Allez-vous-en !

CHRISTIAN
De grâce !...

ROXANE
Non ! Vous ne m'aimez plus !

CHRISTIAN, *à qui Cyrano souffle ses mots*
M'accuser, — justes dieux !
De n'aimez plus... quand... j'aime plus !

ROXANE, *qui allait refermer sa fenêtre, s'arrêtant*
Tiens, mais c'est mieux !

CHRISTIAN, *même jeu*
L'amour grandit bercé dans mon âme inquiète…
Que ce… cruel marmot prit pour… barcelonnette !

ROXANE, *s'avançant sur le balcon*
C'est mieux ! — Mais, puisqu'il est cruel, vous fûtes sot
De ne pas, cet amour, l'étouffer au berceau !

CHRISTIAN, *même jeu*
Aussi l'ai-je tenté, mais tentative nulle
Ce… nouveau-né, Madame, est un petit… Hercule.

ROXANE
C'est mieux !

CHRISTIAN, *même jeu*
De sorte qu'il… strangula comme rien…
Les deux serpents… Orgueil et… Doute.

ROXANE, *s'accoudant au balcon*
Ah ! c'est très bien.
— Mais pourquoi parlez-vous de façon peu hâtive ?
Auriez-vous donc la goutte à l'imaginative ?

CYRANO, *tirant Christian sous le balcon et se glissant à sa place*
Chut ! Cela devient trop difficile !…

ROXANE
Aujourd'hui…
Vos mots sont hésitants. Pourquoi ?

CYRANO, *parlant à mi-voix, comme Christian*
C'est qu'il fait nuit,
Dans cette ombre, à tâtons, ils cherchent votre oreille.

ROXANE
Les miens n'éprouvent pas difficulté pareille.

CYRANO
Ils trouvent tout de suite ? oh ! cela va de soi,
Puisque c'est dans mon cœur, eux, que je les reçois ;
Or, moi, j'ai le cœur grand, vous, l'oreille petite.

D'ailleurs vos mots à vous descendent : ils vont plus vite,
Les miens montent, Madame : il leur faut plus de temps !

ROXANE
Mais ils montent bien mieux depuis quelques instants.

CYRANO
De cette gymnastique, ils ont pris l'habitude !

ROXANE
Je vous parle en effet d'une vraie altitude !

CYRANO
Certes, et vous me tueriez si de cette hauteur
Vous me laissiez tomber un mot dur sur le cœur !

ROXANE, *avec un mouvement*
Je descends !

CYRANO, *vivement*
Non !

ROXANE, *lui montrant le banc qui est sous le balcon*
Grimpez sur le banc, alors, vite !

CYRANO, *reculant avec effroi dans la nuit*
Non !

ROXANE
Comment… non ?

CYRANO, *que l'émotion gagne de plus en plus*
Laissez un peu que l'on profite…
De cette occasion qui s'offre… de pouvoir
Se parler doucement, sans se voir.

ROXANE
Sans se voir ?

CYRANO
Mais oui, c'est adorable. On se devine à peine.
Vous voyez la noirceur d'un long manteau qui traîne,

J'aperçois la blancheur d'une robe d'été
Moi je ne suis qu'une ombre, et vous qu'une clarté !
Vous ignorez pour moi ce que sont ces minutes !
Si quelquefois je fus éloquent…

ROXANE

Vous le fûtes !

CYRANO

Mon langage jamais jusqu'ici n'est sorti
De mon vrai cœur…

ROXANE

Pourquoi ?

CYRANO

Parce que… jusqu'ici
Je parlais à travers…

ROXANE

Quoi ?

CYRANO

… le vertige où tremble
Quiconque est sous vos yeux !… Mais ce soir, il me semble…
Que je vais vous parler pour la première fois !

ROXANE

C'est vrai que vous avez une toute autre voix.

CYRANO, *se rapprochant avec fièvre*

Oui, tout autre, car dans la nuit qui me protège
J'ose être enfin moi-même, et j'ose…
Il s'arrête et, avec égarement.
Où en étais-je ?
Je ne sais… tout ceci, — pardonnez mon émoi, —
C'est si délicieux… c'est si nouveau pour moi !

ROXANE

Si nouveau ?

CYRANO, *bouleversé, et essayant toujours*
de rattraper ses mots

Si nouveau… mais oui… d'être sincère
La peur d'être raillé, toujours au cœur me serre…

ROXANE

Raillé de quoi ?

CYRANO

Mais de… d'un élan !… Oui, mon cœur
Toujours, de mon esprit s'habille, par pudeur
Je pars pour décrocher l'étoile, et je m'arrête
Par peur du ridicule, à cueillir la fleurette !

ROXANE

La fleurette a du bon.

CYRANO

Ce soir, dédaignons-la !

ROXANE

Vous ne m'aviez jamais parler comme cela !

CYRANO

Ah ! si, loin des carquois, des torches et des flèches,
On se sauvait un peu vers des choses… plus fraîches !
Au lieu de boire goutte à goutte, en un mignon
Dé à coudre d'or fin, l'eau fade du Lignon,
Si l'on tentait de voir comment l'âme s'abreuve
En buvant largement à même le grand fleuve !

ROXANE

Mais l'esprit ?…

CYRANO

J'en ai fait pour vous faire rester
D'abord, mais maintenant ce serait insulter
Cette nuit, ces parfums, cette heure, la Nature,
Que de parler comme un billet doux de Voiture !
— Laissons, d'un seul regard de ses astres, le ciel
Nous désarmer de tout notre artificiel
Je crains tant que parmi notre alchimie exquise

Le vrai du sentiment ne se volatilise,
Que l'âme ne se vide à ces passe-temps vains,
Et que le fin du fin ne soit la fin des fins !

ROXANE

Mais l'esprit ?...

CYRANO

Je le hais, dans l'amour ! C'est un crime
Lorsqu'on aime de trop prolonger cette escrime !
Le moment vient d'ailleurs inévitablement,
— Et je plains ceux pour qui ne vient pas ce moment !
Où nous sentons qu'en nous une amour noble existe
Que chaque joli mot que nous disons rend triste !

ROXANE

Eh bien ! si ce moment est venu pour nous deux,
Quels mots me direz-vous ?

CYRANO

Tous ceux, tous ceux, tous ceux
Qui me viendront, je vais vous les jeter, en touffe,
Sans les mettre en bouquets : je vous aime, j'étouffe,
Je t'aime, je suis fou, je n'en peux plus, c'est trop ;
Ton nom est dans mon cœur comme dans un grelot,
Et comme tout le temps, Roxane, je frissonne,
Tout le temps, le grelot s'agite, et le nom sonne !
De toi, je me souviens de tout, j'ai tout aimé
Je sais que l'an dernier, un jour, le douze mai,
Pour sortir le matin tu changeas de coiffure !
J'ai tellement pris pour clarté ta chevelure
Que, comme lorsqu'on a trop fixé le soleil,
On voit sur toute chose ensuite un rond vermeil,
Sur tout, quand j'ai quitté les feux dont tu m'inondes,
Mon regard ébloui pose des taches blondes !

ROXANE, *d'une voix troublée*

Oui, c'est bien de l'amour...

CYRANO

Certes, ce sentiment
Qui m'envahit, terrible et jaloux, c'est vraiment

De l'amour, il en a toute la fureur triste !
De l'amour, — et pourtant il n'est pas égoïste !
Ah ! que pour ton bonheur je donnerais le mien,
Quand même tu devrais n'en savoir jamais rien,
S'il ne pouvait, parfois, que de loin, j'entendisse
Rire un peu le bonheur né de mon sacrifice !
— Chaque regard de toi suscite une vertu
Nouvelle, une vaillance en moi ! Commences-tu
À comprendre, à présent ? voyons, te rends-tu compte ?
Sens-tu mon âme, un peu, dans cette ombre, qui monte ?...
Oh ! mais vraiment, ce soir, c'est trop beau, c'est trop doux !
Je vous dis tout cela, vous m'écoutez, moi, vous !
C'est trop ! Dans mon espoir même le moins modeste,
Je n'ai jamais espéré tant ! Il ne me reste
Qu'à mourir maintenant ! C'est à cause des mots
Que je dis qu'elle tremble entre les bleus rameaux !
Car vous tremblez ! car j'ai senti, que tu le veuilles
Ou non, le tremblement adoré de ta main
Descendre tout le long des branches du jasmin !
Il baise éperdument l'extrémité d'une branche pendante.

ROXANE

Oui, je tremble, et je pleure, et je t'aime, et suis tienne !
Et tu m'as enivrée !

CYRANO

Alors, que la mort vienne !
Cette ivresse, c'est moi, moi, qui l'ai su causer !
Je ne demande plus qu'une chose...

CHRISTIAN, *sous le balcon*

Un baiser !

ROXANE, *se rejetant en arrière*

Hein ?

CYRANO

Oh !

ROXANE

Vous demandez ?

CYRANO

Oui… je…
À Christian bas.
Tu vas trop vite.

CHRISTIAN

Puisqu'elle est si troublée, il faut que j'en profite !

CYRANO, *à Roxane*

Oui, je… j'ai demandé, c'est vrai… mais justes cieux !
Je comprends que je fus bien trop audacieux.

ROXANE, *un peu déçue*

Vous n'insistez pas plus que cela ?

CYRANO

Si ! j'insiste…
Sans insister !… Oui, oui ! votre pudeur s'attriste !
Eh bien ! mais, ce baiser… ne me l'accordez pas !

CHRISTIAN, *à Cyrano, le tirant par son manteau*

Pourquoi ?

CYRANO

Tais-toi, Christian !

ROXANE, *se penchant*

Que dites-vous tout bas ?

CYRANO

Mais d'être allé trop loin, moi-même je me gronde ;
Je me disais : tais-toi, Christian !…
Les théorbes se mettent à jouer.
Une seconde !…
On vient !
Roxane referme la fenêtre. Cyrano écoute les théorbes, dont un joue un air folâtre et l'autre un air lugubre.
Air triste ? Air gai ?… Quel est donc leur dessein ?
Est-ce un homme ? une femme ? — Ah ! c'est un capucin !
Entre un capucin qui va de maison en maison, une lanterne à la main, regardant les portes.

Scène VIII

CYRANO, CHRISTIAN, UN CAPUCIN.

CYRANO, *au capucin*
Quel est ce jeu renouvelé de Diogène ?

LE CAPUCIN
Je cherche la maison de madame...

CHRISTIAN
Il nous gêne !

LE CAPUCIN
Magdeleine Robin...

CHRISTIAN
Que veut-il ?

CYRANO, *lui montrant une rue montante*
Par ici !
Tout droit, toujours tout droit...

LE CAPUCIN
Je vais pour vous
Dire mon chapelet jusqu'au grain majuscule.
Il sort.

CYRANO
Bonne chance ! mes vœux suivent votre cuculle !
Il redescend vers Christian.

Scène IX

CYRANO, CHRISTIAN

CHRISTIAN

Obtiens-moi ce baiser !…

CYRANO

Non !

CHRISTIAN

Tôt ou tard…

CYRANO

C'est vrai !
Il viendra, ce moment de vertige enivré
Où vos bouches iront l'une vers l'autre, à cause
De ta moustache blonde et de sa lèvre rose !
À lui-même.
J'aime mieux que ce soit à cause de…
Bruit de volet qui se rouvrent, Christian se cache sous le balcon.

Scène X

CYRANO, CHRISTIAN, ROXANE.

ROXANE, *s'avançant sur le balcon*
C'est vous ?
Nous parlions de… de… d'un…

CYRANO
Baiser. Le mot est doux !
Je ne vois pas pourquoi votre lèvre ne l'ose ;
S'il la brûle déjà, que sera-ce la chose ?
Ne vous en faites pas un épouvantement
N'avez-vous pas tantôt, presque insensiblement,
Quitté le badinage et glissé sans alarmes
De sourire au soupir, et du soupir aux larmes !
Glisser encore un peu d'insensible façon
Des larmes au baiser il n'y a qu'un frisson !

ROXANE
Taisez-vous !

CYRANO
Un baiser, mais à tout prendre, qu'est-ce ?
Un serment fait d'un peu plus près, une promesse
Plus précise, un aveu qui veut se confirmer,
Un point rose qu'on met sur l'i du verbe aimer ;
C'est un secret qui prend la bouche pour oreille,
Un instant d'infini qui fait un bruit d'abeille,
Une communication ayant un goût de fleur,
Une façon d'un peu se respirer le cœur,
Et d'un peu se goûter, au bord des lèvres, l'âme !

ROXANE
Taisez-vous !

CYRANO
Un baiser, c'est si noble, Madame,
Que la reine de France, au plus heureux des lords,
En a laissé prendre un, la reine même !

ROXANE
Alors !

CYRANO, *s'exaltant*
J'eus comme Buckingham des souffrances muettes,
J'adore comme lui la reine que vous êtes,
Comme lui je suis triste et fidèle…

ROXANE
Et tu es
Beau comme lui !

CYRANO, *à part, dégrisé*
C'est vrai, je suis beau, j'oubliais !

ROXANE
Eh bien ! montez cueillir cette fleur sans pareille…

CYRANO, *poussant Christian vers le balcon*
Monte !

ROXANE
Ce goût de cœur…

CYRANO
Monte !

ROXANE
Ce bruit d'abeille…

CYRANO
Monte !

CHRISTIAN, *hésitant*
Mais il me semble à présent que c'est mal !

ROXANE
Cet instant d'infini !…

CYRANO, *le poussant*
Monte donc, animal !
Christian s'élance, et par le banc, le feuillage, les piliers, atteint les balustres qu'il enjambe.

CHRISTIAN

Ah ! Roxane !
Il l'enlace et se penche sur ses lèvres.

CYRANO

Aïe ! au cœur, quel pincement bizarre !
— Baiser, festin d'amour dont je suis le Lazare !
Il me vient de cette ombre une miette de toi, —
Mais oui, je sens un peu mon cœur qui te reçoit,
Puisque sur cette lèvre où Roxane se leurre
Elle baise les mots que j'ai dits tout à l'heure !
On entend les théorbes.
Un air triste, un air gai : le capucin !
Il feint de courir comme s'il arrivait de loin, et d'une voix claire.
Holà !

ROXANE

Qu'est-ce ?

CYRANO

Moi. Je passai… Christian est encor là ?

CHRISTIAN, *très étonné*

Cyrano !

ROXANE

Bonjour, cousin !

CYRANO

Bonjour, cousine !

ROXANE

Je descends !
Elle disparaît dans la maison. Au fond rentre le capucin.

CHRISTIAN, *l'apercevant*

Oh ! encor !
Il suit Roxane.

Scène XI

CYRANO, CHRISTIAN, LE CAPUCIN, RAGUENEAU.

LE CAPUCIN
C'est ici, — je m'obstine —
Magdeleine Robin !

CYRANO
Vous aviez dit : Ro-lin.

LE CAPUCIN
Non : bin. B, i, n, bin !

ROXANE, *paraissant sur le seuil de la maison, suivie de Ragueneau, qui porte une lanterne, et de Christian*
Qu'est-ce ?

LE CAPUCIN
Une lettre.

CHRISTIAN
Hein ?

LE CAPUCIN, *à Roxane*
Oh ! il ne peut s'agir que d'une sainte chose !
C'est un digne seigneur qui…

ROXANE, *à Christian*
C'est De Guiche !

CHRISTIAN
Il ose ?

ROXANE
Oh ! mais il ne va pas m'importunez toujours !
Décachetant la lettre.
Je t'aime, et si…
À la lueur de la lanterne de Ragueneau, elle lit, à l'écart, à voix basse.
« Mademoiselle,
Les tambours
Battent ; mon régiment boucle sa soubreveste ;

Il part ; moi, l'on me croit déjà parti : je reste.
Je vous désobéis. Je suis dans ce couvent.
Je vais venir, et vous le mande auparavant
Par un religieux simple comme une chèvre
Qui ne peut rien comprendre à ceci. Votre lèvre
M'a trop souri tantôt : j'ai voulu la revoir.
L'audacieux déjà pardonné, je l'espère,
Qui signe votre très… et caetera… »
Au capucin.
Mon père,
Voici ce que me dit cette lettre. Écoutez.
Tous se rapprochent, elle lit à haute voix.
« Mademoiselle,
Il faut souscrire aux volontés
Du cardinal, si dur que cela vous puisse être.
C'est la raison pourquoi j'ai fait choix, pour remettre
Ces lignes en vos mains charmantes, d'un très saint,
D'un très intelligent et discret capucin ;
Nous voulons qu'il vous donne, et dans votre demeure,
La bénédiction
Elle tourne la page.
Nuptiale sur l'heure.
Christian doit en secret devenir votre époux ;
Je vous l'envoie. Il vous déplaît. Résignez-vous.
Songez bien que le ciel bénira votre zèle,
Et tenez pour tout assuré, Mademoiselle,
Le respect de celui qui fut et qui sera
Toujours votre très humble et très… et caetera. »

LE CAPUCIN, *rayonnant*
Digne seigneur !… Je l'avais dit. J'étais sans crainte !
Il ne pouvait s'agir que d'une chose sainte !

ROXANE, *bas à Christian*
N'est-ce pas que je lis très bien les lettres ?

CHRISTIAN
Hum !

ROXANE, *haut, avec désespoir*
Ah !… c'est affreux !

LE CAPUCIN, *qui a dirigé sur Cyrano la clarté de sa lumière*
C'est vous ?

CHRISTIAN

C'est moi !

LE CAPUCIN, *tournant la lumière vers lui, et, comme si un doute lui venait, en voyant sa beauté*

Mais…

ROXANE, *vivement*

Post-scriptum
« Donnez pour le couvent cent vingt pistoles. »

LE CAPUCIN

Digne,
Digne seigneur !
À Roxane.
Résignez-vous !

ROXANE, *en martyre*

Je me résigne !
Pendant que Ragueneau ouvre la porte au capucin que Christian invite à entrer, elle dit bas à Cyrano
Vous retenez ici De Guiche ! Il va venir !
Qu'il n'entre pas tant que…

CYRANO

Compris !
Au capucin.
Pour les bénir
Il vous faut ?…

LE CAPUCIN

Un quart d'heure.

CYRANO, *les poussant tous vers la maison*

Allez ! moi, je demeure !

ROXANE, *à Christian*

Viens !…
Ils entrent.

Scène XII

CYRANO, seul.

CYRANO
Comment faire perdre à De Guiche un quart d'heure ?
Il se précipite sur le banc, grimpe au mur, vers le balcon.
Là !... grimpons !... J'ai mon plan !...
Les théorbes se mettent à jouer une phrase lugubre.
Ho ! c'est un homme !
Le trémolo devient sinistre.
Ho ! ho !
Cette fois, c'en est un !...
Il est sur le balcon, il rabaisse son feutre sur ses yeux, ôte son épée, se drape dans sa cape, puis se penche et regarde au-dehors.
Non, ce n'est pas trop haut...
Il enjambe les balustres et attirant à lui la longue branche d'un des arbres qui débordent le mur du jardin, il s'y accroche des deux mains, prêt à se laisser tomber.
Je vais légèrement troubler cette atmosphère !...

Scène XIII

CYRANO, DE GUICHE.

DE GUICHE, *qui entre, masqué, tâtonnant dans la nuit*
Qu'est-ce que ce maudit capucin peut bien faire ?

CYRANO
Diable ! et ma voix ?… S'il la reconnaissait ?
Lâchant d'une main, il a l'air de tourner une invisible clef.
Cric ! Crac !
Solennellement.
Cyrano, reprenez l'accent de Bergerac !…

DE GUICHE, *regardant la maison*
Oui, c'est là. J'y vois mal. Ce masque m'importune !
Il va pour entrer. Cyrano saute du balcon en se tenant à la branche, qui plie, et le dépose entre la porte et De Guiche ; il feint de tomber lourdement, comme si c'était de très haut, et s'aplatit par terre, où il reste immobile, comme étourdi. De Guiche fait un bon en arrière.
Hein ? quoi ?
Quand il lève les yeux, la branche s'est redressée ; il ne voit que le ciel ; il ne comprend pas.
D'où tombe cet homme ?

CYRANO, *se mettant sur son séant, et avec l'accent de Gascogne*
De la lune !

DE GUICHE
De la ?…

CYRANO, *d'une voix de rêve*
Quelle heure est-il ?

DE GUICHE
N'a-t-il plus sa raison ?

CYRANO
Quelle heure ? Quel pays ? Quel jour ? Quelle saison ?

DE GUICHE
Mais…

CYRANO
Je suis étourdi !

DE GUICHE
Monsieur…

CYRANO
Comme une bombe
Je tombe de la lune !

DE GUICHE, *impatienté*
Ah çà ! Monsieur !

CYRANO, *se relevant, d'une voix terrible*
J'en tombe !

DE GUICHE, *reculant*
Soit ! soit ! vous en tombez !… c'est peut-être un dément !

CYRANO, *marchant sur lui*
Et je n'en tombe pas métaphoriquement !…

DE GUICHE
Mais…

CYRANO
Il y a cent ans, ou bien une minute,
— J'ignore tout à fait ce que dura ma chute ! —
J'étais dans cette boule à couleur de safran !

DE GUICHE, *haussant les épaules*
Oui. Laissez- moi passer !

CYRANO, *s'interposant*
Où suis-je ? Soyez franc !
Ne me déguisez rien ! En quel lieu, dans quel site,
Viens-je de choir, Monsieur, comme un aérolithe ?

DE GUICHE
Morbleu !…

CYRANO

Tout en cheyant je n'ai pu faire choix
De mon point d'arrivée, — et j'ignore où je chois !
Est-ce dans une lune ou bien dans une terre,
Que vient de m'entraîner le poids de mon postère ?

DE GUICHE

Mais je vous dis, Monsieur…

CYRANO, *avec un cri de terreur qui fait reculer De Guiche*
Ha ! grand Dieu !… je crois voir
Qu'on a dans ce pays le visage tout noir !

DE GUICHE, *portant la main à son visage*
Comment ?

CYRANO, *avec une peur emphatique*
Suis-je en Alger ?
Êtes-vous indigène ?…

DE GUICHE, *qui a senti son masque*
Ce masque !…

CYRANO, feignant de se rassurer un peu
Je suis donc à Venise, ou dans Gêne ?

DE GUICHE, *voulant passer*
Une dame m'attend !…

CYRANO, *complètement rassuré*
Je suis donc à Paris.

DE GUICHE, *souriant malgré lui*
Le drôle est assez drôle !

CYRANO

Ah ! vous riez ?

DE GUICHE

Je ris,
Mais veux passer !

CYRANO, *rayonnant*

C'est à Paris que je retombe !
Tout à fait à son aise, riant, s'époussetant, saluant.
J'arrive — excusez-moi — ! Par la dernière trombe.
Je suis un peu couvert d'éther. J'ai voyagé !
J'ai les yeux tout remplis de poudre d'astres. J'ai
Aux éperons, encor, quelques poils de planète !
Cueillant quelque chose sur sa manche.
Tenez, sur mon pourpoint, un cheveu de comète !...
Il souffle comme pour le faire envoler.

DE GUICHE, *hors de lui*

Monsieur !...

CYRANO, *au moment où il va passer, tend sa jambe comme pour y montrer quelque chose et l'arrête*

Dans mon mollet je rapporte une dent
De la Grande Ourse, — et comme, en frôlant le Trident,
Je voulais éviter une de ses trois lance,
Je suis aller tomber assis dans les Balances, —
Dont l'aiguille, à présent, là-haut, marque mon poids !
Empêchant vivement De Guiche de passer et le prenant à un bouton du pourpoint.
Si vous serriez mon nez, Monsieur, entre vos doigts,
Il jaillirait du lait !

DE GUICHE

Hein ? du lait ?...

CYRANO

De la Voie
Lactée !...

DE GUICHE

Oh ! par l'enfer !

CYRANO

C'est le ciel qui m'envoie !
Se croisant les bras.
Non ! croiriez-vous, je viens de le voir en tombant,
Que Sirius, la nuit, s'affuble d'un turban ?
Confidentiel.

L'autre Ourse est trop petite encor pour qu'elle morde !
Riant.
J'ai traversé la Lyre en cassant une corde !
Superbe.
Mais je compte en un livre écrire tout ceci,
Et les étoiles d'or qu'en mon manteau roussi
Je viens de rapporter à mes périls et risques,
Quand on l'imprimera, serviront d'astérisques !

DE GUICHE

À la parfin, je veux…

CYRANO

Vous, je vous vois venir !

DE GUICHE

Monsieur !

CYRANO

Vous voudriez de ma bouche tenir
Comment la lune est faite, et si quelqu'un habite
Dans la rotondité de cette cucurbite ?

DE GUICHE, *criant*

Mais non ! Je veux…

CYRANO

Savoir comment j'y suis monté.
Ce fut par un moyen que j'avais inventé.

DE GUICHE, *découragé*

C'est un fou !

CYRANO, *dédaigneux*

Je n'ai pas refait l'aigle stupide
De Regiomontanus, ni le pigeon timide
D'Archytas !…

DE GUICHE

C'est un fou, — mais un fou savant.

CYRANO

Non, je n'imitai rien de ce qu'on fit avant !

De Guiche a réussi à passer et il marche vers la porte de Roxane. Cyrano le suit, prêt à l'empoigner.

J'inventai six moyens de violer l'azur vierge !

DE GUICHE, *se retournant*

Six ?

CYRANO, *avec volubilité*

Je pouvais, mettant mon corps nu comme un cierge,
Le caparaçonner de fioles de cristal
Toutes pleines des pleurs d'un ciel maturinal,
Et ma personne, alors, au soleil exposée,
L'astre l'aurait humée en humant la rosée !

DE GUICHE, *surpris et faisant un pas vers Cyrano*

Tiens ! Oui, cela fait un !

CYRANO, *reculant pour l'entraîner de l'autre côté*

Et je pouvais encor
Faire engouffrer du vent, pour prendre mon essor,
En raréfiant l'air dans un coffre de cèdre
Par des miroirs ardents, mis en icosaèdre !

DE GUICHE, *fait encor un pas*

Deux !

CYRANO, *reculant toujours*

Ou bien, machiniste autant qu'artificier,
Sur une sauterelle aux détentes d'acier,
Me faire, par des feux sucessifs de salpêtre,
Lancer dans les prés bleus où les astres vont paître !

DE GUICHE, *le suivant, sans s'en douter, et comptant sur ses doigts*

Trois !

CYRANO

Puisque la fumée a tendance à monter,
En souffler dans un globe assez pour m'emporter !

DE GUICHE, *même jeu, de plus en plus étonné*

Quatre !

CYRANO

Puisque Phoebé, quand son acte est le moindre,
Aime sucer, ô bœufs, votre moelle… m'en oindre !

DE GUICHE, *stupéfait*

Cinq !

CYRANO, *qui en parlant l'a amené jusqu'à l'autre côté de la place, près d'un banc*

Enfin, me plaçant sur un plateau de fer,
Prendre un morceau d'aimant et le lancer en l'air !
Ça, c'est un bon moyen : le fer se précipite,
Aussitôt que l'aimant bien vite, et cadédis !
On peut monter ainsi indéfiniment.

DE GUICHE

Six !
— Mais voilà six moyens excellents !… Quel système
Choisîtes-vous des six, Monsieur ?

CYRANO

Un septième !

DE GUICHE

Par exemple ! Et lequel ?

CYRANO

Je vous le donne en cent !

DE GUICHE

C'est que ce matin-là devient intéressant !

CYRANO, *faisant le bruit des vagues avec de grands gestes mystérieux*

Houüh ! houüh !

DE GUICHE

Eh bien !

CYRANO

Vous devinez ?

DE GUICHE
Non !

CYRANO
La marée !...
À l'heure où l'onde par la lune est attirée,
Je me mis sur le sable — après un bain de mer —
Et la tête partant la première, mon cher,
— Car les cheveux, surtout, gardent l'eau dans leur franges ! —
Je m'enlevai dans l'air, droit, tout droit, comme un ange.
Je montais, je montais, doucement, sans efforts,
Quand je sentis un choc !... Alors...

DE GUICHE, *entraîné par la curiosité et s'asseyant sur le banc*
Alors ?

CYRANO
Alors...
Reprenant sa voix naturelle.
Le quart d'heure est passé, Monsieur, je vous délivre
Le mariage est fait.

DE GUICHE, *se relevant d'un bond*
Ça, voyons, je suis ivre !...
Cette voix ?
La porte de la maison s'ouvre, des laquais paraissent portant des candélabres allumés. Lumière. Cyrano ôte son chapeau au bord abaissé.
Et ce nez !... Cyrano ?

CYRANO, *saluant*
Cyrano.
— Ils viennent à l'instant d'échanger leur anneau.

DE GUICHE
Qui cela ?
Il se retourne. — Tableau. Derrière les laquais, Roxane et Christian se tiennent par la main. Le capucin les suit en souriant. Ragueneau élève aussi un flambeau. La duègne ferme la marche, ahurie, en petit saut-de-lit.
Ciel !

Scène XIV

LES MÊMES, ROXANE, CHRISTIAN, Le Capucin, RAGUENEAU, Laquais, La Duègne.

DE GUICHE, *à Roxane*

Vous !
Reconnaissant Christian avec stupeur.
Lui ?
Saluant Roxane avec admiration.
Vous êtes des plus fines !
À Cyrano.
Mes compliments, Monsieur l'inventeur des machines
Votre récit eût fait s'arrêter au portail
Du paradis, un saint ! Notez-en le détail,
Car cela vraiment cela peut resservir dans un livre !

CYRANO, *s'inclinant*
Monsieur, c'est un conseil que je m'engage à suivre.

LE CAPUCIN, *montrant les amants à De Guiche
et hochant avec satisfaction sa grande barbe blanche*
Un beau couple, mon fils, réuni là par vous !

DE GUICHE, *le regardant d'un œil glacé*
Oui.
À Roxane.
Veuillez dire adieu, Madame, à votre époux.

ROXANE
Comment ?

DE GUICHE, *à Christian*
Le régiment déjà se met en route.
Joignez-le !

ROXANE
Pour aller à la guerre ?

DE GUICHE
Sans doute !

ROXANE
Mais, Monsieur, les cadets n'y vont pas !

DE GUICHE
Ils iront.
Tirant le papier qu'il avait mis dans sa poche.
Voici l'ordre.
À Christian.
Courez le portez, vous, baron.

ROXANE, *se jetant dans les bras de Christian*
Christian !

DE GUICHE, *ricanant, à Cyrano*
La nuit de noce est encore lointaine !

CYRANO, *à part*
Dire qu'il croit me faire énormément de peine !

CHRISTIAN, *à Roxane*
Oh ! tes lèvres encor !

CYRANO
Allons, voyons, assez !

CHRISTIAN, *continuant à embrasser Roxane*
C'est dur de la quitter… Tu ne sais pas…

CYRANO, *cherchant à l'entraîner*
Je sais.
On entend au loin des tambours qui battent une marche.

DE GUICHE, *qui est remonté au fond*
Le régiment qui part !

ROXANE, *à Cyrano, en retenant Christian*
qu'il essaye toujours d'entraîner
Oh !… je vous le confie !
Promettez-moi que rien ne va mettre sa vie
En danger !

CYRANO

J'essaierai… mais ne peux cependant
Promettre…

ROXANE, *même jeu*

Promettez qu'il sera très prudent !

CYRANO

Oui, je tâcherai, mais…

ROXANE, *même jeu*

Qu'à ce siège terrible
Il n'aura jamais froid !

CYRANO

Je ferai mon possible.
Mais…

ROXANE, *même jeu*

Qu'il sera fidèle !

CYRANO

Eh oui ! sans doute, mais…

ROXANE, *même jeu*

Qu'il m'écrira souvent !

CYRANO, *s'arrêtant*

Ça, je vous le promets !

RIDEAU

Quatrième Acte

Les cadets de Gascogne

Le poste qu'occupe la compagnie de Carbon de Castel-Jaloux au siège d'Arras.
Au fond, talus traversant toute la scène. Au-delà s'aperçoit un horizon de plaine : le pays couvert de travaux de siège.
Les murs d'Arras et la silhouette de ses toits sur le ciel, très loin.
Tentes ; armes éparses ; tambours, etc. — Le jour va se lever. Jaune Orient. — Sentinelles espacées. Feux.
Roulés dans leurs manteaux, les Cadets de Gascogne dorment.
Carbon de Castel-Jaloux et Le Bret veillent. Ils sont très pâles et très maigris. Christian dort, parmi les autres, dans sa cape, au premier plan, le visage éclairé par un feu.
Silence.

Scène Première

CHRISTIAN, CARBON DE CASTEL-JALOUX, LE BRET, Les cadets, puis CYRANO.

LE BRET

C'est affreux !

CARBON

Oui, plus rien.

LE BRET

Mordious !

CARBON, *lui faisant signe de parler plus bas*
Jure en sourdine !
Tu vas les réveiller.
Aux cadets.
Chut ! Dormez !
À le Bret.
Qui dort dîne !

LE BRET

Quand on a l'insomnie on trouve que c'est peu !
Quelle famine !
On entend au loin quelques coups de feu.

CARBON

Ah ! maugrébis des coups de feu !…
Ils vont me réveiller mes enfants !
Aux cadets qui lèvent la tête.
Dormez !
On se recouche. Nouveaux coups de feu plus rapprochés.

UN CADET, *s'agitant*

Diantre !
Encore ?

CARBON

Ce n'est rien ! C'est Cyrano qui rentre !

Les têtes qui s'étaient relevées se recouchent.

                    UNE SENTINELLE, *au-dehors*
Ventrebieu ! qui va là ?

                    LA VOIX DE CYRANO
Bergerac !

                    LA SENTINELLE, *qui est sur le talus*
Ventrebieu !
Qui va là ?

                    CYRANO, *paraissant sur la crête*
Bergerac, imbécile !
Il descend. Le Bret va au-devant de lui, inquiet.

                    LE BRET
Ah ! grand Dieu !

            CYRANO, *lui faisant signe de ne réveiller personne*
Chut !

                    LE BRET
Blessé ?

                    CYRANO
Tu sais bien qu'ils ont pris l'habitude
De me manquer tous les matins !

                    LE BRET
C'est un peu rude,
Pour portez une lettre, à chaque jour levant,
De risquer !

                    CYRANO, *s'arrêtant devant Christian*
J'ai promis qu'il écrirait souvent !
Il le regarde.
Il dort. Il est pâli. Si la pauvre petite
Savait qu'il meurt de faim... Mais toujours beau !

                    LE BRET
Va vite
Dormir !

CYRANO
Ne grogne pas Le Bret !... Sache ceci
Pour traverser les rangs espagnols, j'ai choisi
Un endroit où je sais, chaque nuit, qu'ils sont ivres.

LE BRET
Tu devrais bien un jour nous rapporter des vivres.

CYRANO
Il faut être léger pour passer ! — Mais je sais
Qu'il y aura ce soir du nouveau. Les Français
Mangeront ou mourrons, — si j'ai bien vu...

LE BRET
Raconte !

CYRANO
Non. Je ne suis pas sûr... vous verrez !...

CARBON
Quelle honte,
Lorsqu'on est assiégeant, d'être affamé !

LE BRET
Hélas !
Rien de plus compliqué que ce siège d'Arras
Nous assiégeons Arras, — nous-mêmes, pris au piège,
Le cardinal infant d'Espagne nous assiège...

CYRANO
Quelqu'un devrait venir l'assiéger à son tour.

LE BRET
Je ne ris pas.

CYRANO
Oh ! oh !

LE BRET
Penser que chaque jour
Vous risquez une vie, ingrat, comme la vôtre,
Pour porter...

Le voyant qui se dirige vers une tente.
Où vas-tu ?

CYRANO

J'en vais écrire une autre.
Il soulève la toile et disparaît.

Scène II

LES MÊMES, MOINS CYRANO.

CARBON, *avec un soupir*
La diane !… Hélas !
Les cadets s'agitent dans leurs manteaux, s'étirent.
Sommeil succulent, tu prends fin !…
Je sais trop quel sera leur premier cri !

UN CADET, *se mettant sur son séant*
J'ai faim !

UN AUTRE
Je meurs !

TOUS
Oh !

CARBON
Levez-vous !

TROISIÈME CADET
Plus un pas !

QUATRIÈME CADET
Plus un geste !

LE PREMIER, *se regardant dans un morceau de cuirasse*
Ma langue est jaune : l'air du temps est indigeste !

UN AUTRE
Mon tortil de baron pour un peu de Chester !

UN AUTRE
Moi, si l'on ne veut pas fournir à mon gaster
De quoi m'élaborer une pinte de chyle,
Je me retire sous ma tente, — comme Achille !

UN AUTRE
Oui, du pain !

CARBON, *allant à la tente où est entré Cyrano, à mi-voix*
Cyrano !

D'AUTRES

Nous mourrons !

CARBON, *toujours à mi-voix, à la porte de la tente*
Au secours !
Toi qui sais si gaiement leur répliquer toujours,
Viens les ragaillardir !

DEUXIÈME CADET, *se précipitant vers le premier qui mâchonne
quelque chose*
Qu'est-ce que tu grignotes ?

LE PREMIER
De l'étoupe à canon que dans les bourguignotes
On fait frire en la graisse à graisser les moyeux.
Les environs d'Arras sont très peu giboyeux !

UN AUTRE, *entrant*
Moi je viens de chasser !

UN AUTRE, *même jeu*
J'ai pêché dans la Scarpe !

TOUS, *debout, se ruant sur les deux nouveaux venus*
Quoi ? — Que rapportez-vous ? — Un faisan ? — Une carpe ?
— Vite, vite, montrez !

LE PÊCHEUR

Un goujon !

LE CHASSEUR

Un moineau !

TOUS, *exaspérés*
Assez ! — Révoltons-nous !

CARBON

Au secours, Cyrano !
Il fait maintenant tout à fait jour.

Scène III

LES MÊMES, CYRANO.

CYRANO, *sortant de sa tente, tranquille, une plume à l'oreille, un livre à la main*
Hein ?
Silence. Au premier cadet.
Pourquoi t'en vas-tu, toi, de ce pas qui traîne !

LE CADET
J'ai quelque chose dans les talons qui me gêne !…

CYRANO
Et quoi donc ?

LE CADET
L'estomac !

CYRANO
Moi de même, pardi !

LE CADET
Cela doit te gêner ?

CYRANO
Non, cela me grandit.

DEUXIÈME CADET
J'ai les dents longues !

CYRANO
Tu n'en mordras que plus large.

UN TROISIÈME
Mon ventre sonne creux !

CYRANO
Nous y battrons la charge.

UN AUTRE

Dans les oreilles, moi, j'ai des bourdonnements.

CYRANO

Non, non ; ventre affamé, pas d'oreilles : tu mens !

UN AUTRE

Oh ! manger quelque chose, — à l'huile !

CYRANO, *le décoiffant et lui mettant son casque dans la main*
Ta salade.

UN AUTRE

Qu'est-ce qu'on pourrait bien dévorer ?

CYRANO, *lui jetant le livre qu'il tient à la main*
L'Iliade.

UN AUTRE

Le ministre, à Paris, fait ses quatre repas !

CYRANO

Il devrait t'envoyer du perdreau ?

LE MÊME

Pourquoi pas ?
Et du vin !

CYRANO

Richelieu, du bourgogne, if you please ?

LE MÊME

Par quelque capucin !

CYRANO

L'éminence qui grise ?

UN AUTRE

J'ai des faims d'ogre !

CYRANO

Eh ! bien !… tu croques le marmot !

LE PREMIER CADET, *haussant les épaules*

Toujours le mot, la pointe !

CYRANO

Oui, la pointe, le mot !
Et je voudrais mourir, un soir, sous un ciel rose,
En faisant un bon mot, pour une belle cause !
— Oh ! frappé par la seule arme noble qui soit,
Et par un ennemi qu'on sait digne de soi,
Sur un gazon de gloire et loin d'un lit de fièvres,
Tomber la pointe au cœur en même temps qu'aux lèvres !

CRIS DE TOUS

J'ai faim !

CYRANO, *se croisant les bras*

Ah çà ! mais ne pensez qu'à manger ?…
— Approche, Bertrandou le fifre, ancien berger ;
Du double étui de cuir tire l'un de tes fifres,
Souffle et joue à ce tas de goinfres et de piffres
Ces vieux airs du pays, au doux rythme obsesseur,
Dont chaque note est comme une petite sœur,
Dans lesquels restent pris des sons de voix aimées,
Ces airs dont la lenteur est celle des fumées
Que le hameau natal exhale de ses toits,
Ces airs dont la musique a l'air d'être un patois !…
Le vieux s'assied et prépare son fifre.
Que la flûte, aujourd'hui, guerrière qui s'afflige,
Se souvienne un moment, pendant que sur sa tige
Tes doigts semblent danser un menuet d'oiseau,
Qu'avant d'être d'ébène, elle fut de roseau ;
Que sa chanson l'étonne, et qu'elle y reconnaisse
L'âme de sa rustique et paisible jeunesse !…
Le vieux commence à jouer des airs languedociens.
Écoutez, les Gascons… Ce n'est plus, sous ses doigts,
Le fifre aigu des camps, c'est la flûte des bois !
Ce n'est plus le sifflet du combat, sous ses lèvres,
C'est le lent galoubet de nos meneurs de chèvres !…
Écoutez… C'est le val, la lande, la forêt,
Le petit pâtre brun sous son rouge béret,
C'est la verte douceur des soirs sur la Dordogne,
Écoutez, les Gascons : c'est la Gascogne !

Toutes les têtes se sont inclinés ; — tous les yeux rêvent ; — et des larmes sont furtivement essuyées, avec un revers de manche, un coin de manteau.

CARBON, *à Cyrano, bas*

Mais tu les fais pleurer !

CYRANO

De nostalgie !... Un mal
Plus noble que la faim !... pas physique : moral !
J'aime que leur souffrance ait changé de viscère,
Et que ce soit leur cœur, maintenant, qui se serre !

CARBON

Tu vas les affaiblir en les attendrissant !

CYRANO, *qui a fait signe au tambour d'approcher*

Laisse donc ! Les héros qu'ils portent dans leurs sang
Sont vite réveillés ! Il suffit...
Il fait un geste. Le tambour roule.

TOUS, *se levant et se précipitant sur leurs armes*

Hein ?... Quoi ?... Qu'est-ce ?

CYRANO, *souriant*

Tu vois, il a suffit d'un roulement de caisse !
Adieu, rêves, regrets, vieille province, amour...
Ce qui du fifre vient s'en va par le tambour !

UN CADET, *qui regarde au fond*

Ah ! Ah ! Voici monsieur de Guiche !

TOUS LES CADETS, *murmurant*

Hou...

CYRANO, *souriant*

Murmure
Flatteur !

UN CADET

Il nous ennuie !

UN AUTRE
Avec, sur son armure,
Son grand col de dentelle, il vient faire le fier !

UN AUTRE
Comme si l'on portait du linge sur du fer !

LE PREMIER
C'est bon lorsque à son cou l'on a quelque furoncle !

LE DEUXIÈME
Encore un courtisan !

UN AUTRE
Le neveu de son oncle !

CARBON
C'est un Gascon pourtant !

LE PREMIER
Un faux !… Méfiez-vous !
Parce que, les Gascons… ils doivent être fous
Rien de plus dangereux qu'un Gascon raisonnable.

LE BRET
Il est pâle !

UN AUTRE
Il a faim… autant qu'un pauvre diable !
Mais comme sa cuirasse a des clous de vermeil,
Sa crampe d'estomac étincelle au soleil !

CYRANO, *vivement*
N'ayons pas l'air non plus de souffrir ! Vous, vos cartes,
Vos pipes et vos dés…
Tous rapidement se mettent à jouer sur des tambours, sur des escabeaux et par terre, sur leurs manteaux, et ils allument de longues pipes de pétun.
Et moi, je lis Descartes.
Il se promène de long en large et lit dans un petit livre qu'il a tiré de sa poche. — Tableau. — De Guiche entre. Tout le monde a l'air absorbé et content. Il est très pâle. Il va vers Carbon.

Scène IV

LES MÊMES, DE GUICHE.

DE GUICHE, *à Carbon*
Ah ! — Bonjour !
Ils s'observent tous les deux. À part, avec satisfaction.
Il est vert.

CARBON, *de même*
Il n'a plus que les yeux.

DE GUICHE, *regardant les cadets*
Voici donc les mauvaises têtes ?... Oui, messieurs,
Il me revient de tous côtés qu'on me brocarde
Chez vous, que les cadets, noblesse montagnarde,
Hobereaux béarnais, barons périgourdins,
N'ont pour leur colonel pas assez de dédain,
M'appellent intrigant, courtisan, — Qu'il les gêne
De voir sur ma cuirasse un col au point de Gêne, —
Et qu'ils ne cessent pas de s'indigner entre eux
Qu'on puisse être Gascon et ne pas être gueux !
Silence. On joue. On fume.
Vous ferai-je punir par votre capitaine ?
Non.

CARBON
D'ailleurs, je suis libre et n'inflige de peine...

DE GUICHE
Ah ?

CARBON
J'ai payé ma compagnie, elle est à moi.
Je n'obéis qu'aux ordres de guerre.

DE GUICHE
Ah ?... Ma foi !
Cela suffit.
S'adressant aux cadets.

Je peux mépriser vos bravades.
On connaît ma façon d'aller aux mousquetades ;
Hier, à Bapaume, on vit la furie avec quoi
J'ai fait lâcher le pied au comte de Bucquoi ;
Ramenant sur ses gens les miens en avalanche,
J'ai chargé par trois fois !

CYRANO, *sans lever le nez de son livre*
Et votre écharpe blanche ?

DE GUICHE, *surpris et satisfait*
Vous savez ce détail ?... En effet, il advint,
Durant que je faisais ma caracole afin
De rassembler mes gens pour la troisième charge,
Qu'un remous de fuyards m'entraîna sur la marge
Des ennemis ; j'étais en danger qu'on me prît
Et qu'on m'arquebusât, quand j'eus le bon esprit
De dénouer et de laisser couler à terre
L'écharpe qui disait mon grade militaire ;
En sorte que je pus, sans attirer les yeux,
Quitter les Espagnols, et revenant sur eux,
Suivi de tous les miens réconfortés, les battre !
— Eh bien ! que dites-vous de ce trait ?
Les cadets n'ont pas l'air d'écouter ; mais ici les cartes et les cornets à dés restent en l'air, la fumée des pipes demeure dans les joues : attente.

CYRANO

Qu'Henri quatre
N'eût jamais consenti, le nombre l'accablant,
À se diminuer de son panache blanc.
Joie silencieuse. Les cartes s'abattent. Les dés tombent. La fumée s'échappe.

DE GUICHE

L'adresse a réussi, cependant !
Même attente suspendant les jeux et les pipes.

CYRANO

C'est possible.
Mais on n'abdique pas l'honneur d'être une cible.
Cartes, dés, fumées, s'abattent, tombent, s'envolent avec une satisfaction croissante.

Si j'eusse été présent quand l'écharpe coula
— Nos courages, monsieur, diffèrent en cela-
Je l'aurais ramassée et me l'a serais mise.

DE GUICHE

Oui, vantardise, encor, de gascon !

CYRANO

Vantardise ?…
Prêtez-là moi. Je m'offre à monter, dès ce soir,
À l'assaut, le premier, avec elle en sautoir.

DE GUICHE

Offre encor de gascon ! Vous savez que l'écharpe
Resta chez l'ennemi, sur les bords de la Scarpe,
En un lieu que depuis la mitraille cribla,-
Où nul ne peut aller la chercher !

CYRANO, *tirant de sa poche l'écharpe blanche*
et la lui tendant

La voilà.
Silence. les cadets étouffent leurs rires dans les cartes et dans les cornets à dés. De Guiche se retourne, le regarde ; immédiatement ils reprennent leur gravité, leurs jeux ; l'un d'eux sifflote avec indifférence l'air montagnard joué par le fifre.

DE GUICHE, *prenant l'écharpe*

Merci. Je vais, avec ce bout d'étoffe claire,
Pouvoir faire un signal, — que j'hésitais à faire.
Il va au talus, y grimpe, et agite plusieurs fois l'écharpe en l'air.

TOUS

Hein !

LA SENTINELLE, *en haut du talus*

Cet homme, là-bas qui se sauve en courant !…

DE GUICHE, *redescendant*

C'est un faux espion espagnol. Il nous rend
De grands services. Les renseignements qu'il porte
Aux ennemis sont ceux que je lui donne, en sorte
Que l'on peut influer sur leurs décisions.

CYRANO

C'est un gredin !

DE GUICHE, *se nouant nonchalamment son écharpe*

C'est très commode. Nous disions ?…
— Ah ! J'allais vous apprendre un fait. Cette nuit même,
Pour nous ravitailler tentant un coup suprême,
Le maréchal s'en fut vers Dourlens, sans tambours ;
Les vivandiers du Roi sont là ; par les labours
Il les joindra ; mais pour revenir sans encombre,
Il a pris avec lui des troupes en tel nombre
Que l'on aurait beau jeu, certes, en nous attaquant
La moitié de l'armée est absente du camp !

CARBON

Oui, si les Espagnols savaient, ce serait grave.
Mais ils ne savent pas ce départ ?

DE GUICHE

Ils le savent.
Ils vont nous attaquer.

CARBON

Ah !

DE GUICHE

Mon faux espion
M'est venu prévenir de leur agression.
Il ajouta : « J'en peux déterminer la place ;
Sur quel point voulez-vous que l'attaque se fasse ?
Je dirai que de tous c'est le moins défendu,
Et l'effort portera sur lui. » — J'ai répondu
« C'est bon. Sortez du camp. Suivez des yeux la ligne
Ce sera sur le point d'où je vous ferai signe. »

CARBON, *aux cadets*

Messieurs préparez-vous !
Tous se lèvent. Bruit d'épées et de ceinturons qu'on boucle.

DE GUICHE

C'est dans une heure.

PREMIER CADET

Ah !... bien !...
Ils se rasseyent tous. On reprend la partie interrompue.

DE GUICHE, *à Carbon*

Il faut gagner du temps. Le maréchal revient.

CARBON

Et pour gagner du temps ?

DE GUICHE

Vous aurez l'obligeance
De vous faire tuer.

CYRANO

Ah ! voilà la vengeance ?

DE GUICHE

Je ne prétendrai pas que si je vous aimais
Je vous eusse choisis vous et les vôtres, mais,
Comme à votre bravoure on n'en compare aucune,
C'est mon Roi que je sers en servant ma rancune.

CYRANO, *saluant*

Souffrez que je vous sois, monsieur, reconnaissant.

DE GUICHE, *saluant*

Je sais que vous aimez vous battre un contre cent.
Vous ne vous plaindrez pas de manquer de besogne.
Il remonte, avec Carbon.

CYRANO, *aux cadets*

Eh bien donc ! nous allons au blason de Gascogne,
Qui porte six chevrons, messieurs, d'azur et d'or,
Joindre un chevron de sang qui lui manquait encor !
De Guiche cause bas avec Carbon de Castel-Jaloux, au fond.
On donne des ordres. La réticence se prépare. Cyrano va vers Christian qui est resté immobile, les bras croisés.

CYRANO, *lui mettant la main sur l'épaule*

Christian ?

CHRISTIAN, *secouant le tête*

Roxane !

CYRANO

Hélas !

CHRISTIAN

Au moins, je voudrais mettre
Tout l'adieu de mon cœur dans une belle lettre !…

CYRANO

Je me doutais que ce serait pour aujourd'hui.
Il tire un billet de son pourpoint.
Et j'ai fait tes adieux.

CHRISTIAN

Montre !…

CYRANO

Tu veux ?…

CHRISTIAN, *lui prenant la lettre*

Mais oui !
Il l'ouvre, lit et s'arrête.
Tiens !…

CYRANO

Quoi ?

CHRISTIAN

Ce petit rond ?…

CYRANO, *reprenant la lettre vivement,*
et regardant d'un air naïf

Un rond ?…

CHRISTIAN

C'est une larme !

CYRANO

Oui… Poète, on se prend à son jeu, c'est le charme !…
Tu comprends… ce billet, — c'était très émouvant
Je me suis fait pleurer moi-même en l'écrivant.

CHRISTIAN
Pleurer ?...

CYRANO
Oui... parce que... mourir n'est pas terrible.
Mais... ne plus la revoir jamais... Voilà l'horrible !
Car enfin je ne la...
Christian le regarde.
Nous ne la...
Vivement.
Tu ne la...

CHRISTIAN, *lui arrachant la lettre*
Donne-moi ce billet !
On entend une rumeur, au loin, dans le camp.

LA VOIX D'UNE SENTINELLE
Ventrebieu, qui va là ?
Coups de feu. Bruits de voix. Grelots.

CARBON
Qu'est-ce ?...

LA SENTINELLE, *qui est sur le talus*
Un carrosse !
On se précipite pour voir.

CRIS
Quoi ? Dans le camp ? — Il y entre !
— Il a l'air de venir de chez l'ennemi ! — Diantre !
Tirez ! — Non ! le cocher a crié ! — Crié quoi ?
— Il a crié : Service du Roi !
Tout le monde est sur le talus et regarde au-dehors. Les grelots se rapprochent.

DE GUICHE
Hein ? Du Roi !...
On redescend, on s'aligne.

CARBON
Chapeau bas, tous !

DE GUICHE, *à la cantonade*

Du Roi ! — Rangez-vous, vile tourbe,
Pour qu'il puisse décrire avec pompe sa courbe !
Le carrosse entre au grand trot. Il est couvert de boue et de poussière.
Les rideaux sont tirés. Deux laquais derrière. Il s'arrête net.

CARBON, *criant*

Battez aux champs !
Roulement de tambours. Tous les cadets se découvrent.

DE GUICHE

Baissez le marchepied !
Deux hommes se précipitent. La portière s'ouvre.

ROXANE, *sautant du carrosse*

Bonjour !
Le son d'une voix de femme relève d'un seul coup tout ce monde profondément incliné. — Stupeur.

Scène V

LES MÊMES, ROXANE.

DE GUICHE
Service du Roi ! Vous ?

ROXANE
Mais du seul roi, l'Amour !

CYRANO
Ah ! grand Dieu !

CHRISTIAN
Vous ! Pourquoi ?

ROXANE
C'était trop long, ce siège !

CHRISTIAN
Pourquoi ?…

ROXANE
Je te dirai !

CYRANO, *qui, au son de sa voix, est resté cloué immobile, sans oser tourner les yeux vers elle*
Dieu ! La regarderai-je ?

DE GUICHE
Vous ne pouvez rester ici !

ROXANE, *gaiement*
Mais si ! mais si !
Voulez-vous m'avancer un tambour ?…
Elle s'assied sur un tambour qu'on avance.
Là, merci !
Elle rit.
On a tiré sur mon carrosse !
Fièrement.

Une patrouille !
— Il a l'air d'être fait avec une citrouille,
N'est-ce pas ? comme dans le conte, et les laquais
Avec des rats.
Envoyant des lèvres un baiser à Christian.
Bonjour !
Les regardant tous.
Vous n'avez pas l'air gais !
— Savez-vous que c'est loin, Arras ?
Apercevant Cyrano.
Cousin, charmée !

CYRANO, *s'avançant*

Ah çà ! comment ?...

ROXANE

Comment j'ai retrouvé l'armée ?
Oh ! mon Dieu, mon ami, mais c'est tout simple : j'ai
Marché tant que j'ai vu le pays ravagé.
Ah ! ces horreurs, il a fallu que je les visse
Pour y croire ! Messieurs, si c'est là le service
De votre Roi, le mien vaut mieux !

CYRANO

Voyons, c'est fou !
Par où diable avez-vous bien pu passer ?

ROXANE

Par où ?
Par chez les Espagnols.

PREMIER CADET

Ah ! Qu'elles sont malignes !

DE GUICHE

Comment avez-vous fait pour traverser leurs lignes ?

LE BRET

Cela dut être très difficile !...

ROXANE

Pas trop.

J'ai simplement passé dans mon carrosse, au trot.
Si quelque hidalgo montrait sa mine altière,
Je mettais mon plus beau sourire à la portière,
Et ces messieurs étant, n'en déplaise aux Français,
Les plus galantes gens du monde, — je passais !

CARBON

Oui, c'est un passeport, certes que ce sourire !
Mais on a fréquemment dû vous sommer de dire
Où vous alliez ainsi, madame ?

ROXANE

Fréquemment.
Alors je répondais : « Je vais voir mon amant. »
— Aussitôt l'Espagnol à l'air le plus féroce
Refermait gravement la porte du carrosse,
D'un geste de la main à faire envie au Roi
Relevait les mousquets déjà pointés sur moi,
Et superbe de grâce, à la fois, et de morgue,
L'ergot tendu sous la dentelle en tuyau d'orgue,
Le feutre au vent pour que la plume palpitât,
S'inclinait en disant : « Passez, senorita ! »

CHRISTIAN

Mais, Roxane…

ROXANE

J'ai dit : mon amant, oui… pardonne !
Tu comprends, si j'avais dit : mon mari, personne
Ne m'eût laissé passer !

CHRISTIAN

Mais…

ROXANE

Qu'avez-vous ?

DE GUICHE

Il faut
Vous en allez d'ici !

ROXANE
Moi ?

CYRANO
Bien vite !

LE BRET
Au plus tôt !

CHRISTIAN
Oui !

ROXANE
Mais comment ?

CHRISTIAN, *embarrassé*
C'est que…

CYRANO, *de même*
Dans trois quarts d'heure…

DE GUICHE, *de même*
ou… quatre…

CARBON, *de même*
Il vaut mieux…

LE BRET, *de même*
Vous pourriez…

ROXANE
Je reste. On va se battre.

TOUS
Oh ! non !

ROXANE
C'est mon mari !
Elle se jette dans les bras de Christian.
Qu'on me tue avec toi !

CHRISTIAN
Mais quels yeux vous avez !

ROXANE
Je te dirai pourquoi !

DE GUICHE, *désespéré*
C'est un poste terrible !

ROXANE, *se retournant*
Hein ! terrible ?

CYRANO
Et la preuve
C'est qu'il nous l'a donné !

ROXANE, *à de Guiche*
Ah ! vous me vouliez veuve ?

DE GUICHE
Oh ! je vous jure !…

ROXANE
Non ! Je suis folle à présent !
Et je ne m'en vais plus ! D'ailleurs, c'est amusant.

CYRANO
Eh quoi ! la précieuse était une héroïne ?

ROXANE
Monsieur de Bergerac, je suis votre cousine.

UN CADET
Nous vous défendrons bien !

ROXANE, *enfiévrée de plus en plus*
Je le crois, mes amis !

UN AUTRE, *avec enivrement*
Tout le camp sent l'iris !

ROXANE

Et j'ai justement mis
Un chapeau qui fera très bien dans la bataille !…
Regardant de Guiche.
Mais peut-être est-il temps que le comte s'en aille
On pourrait commencer.

DE GUICHE

Ah ! c'en est trop ! Je vais
Inspecter mes canons, et reviens… Vous avez
Le temps encor : changez d'avis !

ROXANE

Jamais !
De Guiche sort.

Scène VI

LES MÊMES, moins DE GUICHE.

CHRISTIAN, *suppliant*
Roxane !...

ROXANE
Non !

PREMIER CADET, *aux autres*
Elle reste !

TOUS, *se précipitant, se bousculant, s'astiquant*
Un peigne ! — Un savon ! — Ma basane
Est troué : une aiguille ! — Un ruban ! — Ton miroir ! —
Mes manchettes ! — Ton fer à moustaches ! — Un rasoir !

ROXANE, *à Cyrano qui la supplie encore*
Non ! rien ne me fera bouger de cette place !

CARBON, *après s'être, comme les autres, sanglé, épousseté, avoir brossé son chapeau, redressé sa plume et tiré ses manchettes, s'avance vers Roxane, et cérémonieusement*
Peut-être siérait-il que je vous présentasse,
Puisqu'il en est ainsi, quelques de ces messieurs
Qui vont avoir l'honneur de mourir sous vos yeux.
Roxane s'incline et elle attend, debout au bras de Christian.
Carbon présente.
Baron de Peyrescous de Colignac !

LE CADET, *saluant*
Madame...

CARBON, *continuant*
Baron de Casterac de Cahuzac. — Vidame
De Malgoyre Estressac Lésbas d'Escarabiot. —
Chevalier d'Antignac-Juzet. — Baron Hillot
De Blagnac-Saléchan de Castel-Crabioules...

ROXANE

Mais combien avez-vous de noms chacun ?

LE BARON HILLOT

Des foules !

CARBON, *à Roxane*

Ouvrez la main qui tient votre mouchoir.

ROXANE *ouvre la main et le mouchoir tombe*

Pourquoi ?
Toute la compagnie fait le mouvement de s'élancer pour le ramasser.

CARBON, *le ramassant vivement*

Ma compagnie était sans drapeau ! Mais, ma foi,
C'est le plus beau du camp qui flottera sur elle !

ROXANE, *souriant*

Il est un peu petit.

CARBON, *attachant le mouchoir*
à la hampe de sa lance de capitaine

Mais il est en dentelle !

UN CADET, *aux autres*

Je mourrais sans regrets ayant vu ce minois,
Si j'avais dans le ventre une noix !...

CARBON, *qui l'a entendu, indigné*

Fi ! parler de manger lorsqu'une exquise femme !...

ROXANE

Mais l'air du camp est vif et, moi-même, m'affame
Pâtés, chauds-froids, vins fins : — mon menu, le voilà !
— Voulez-vous m'apportez tout cela !
Consternation.

UN CADET

Tout cela !

UN AUTRE

Où le prendrions-nous, grand Dieu ?

ROXANE, *tranquillement*
Dans mon carrosse.

TOUS
Hein ?...

ROXANE
Mais il faut qu'on serve et découpe, et désosse !
Regardez mon cocher d'un peu plus près messieurs,
Et vous reconnaîtrez un homme précieux
Chaque sauce sera, si l'on veut, réchauffée !

LES CADETS, *se ruant vers le carrosse*
C'est Ragueneau !
Acclamation.
Oh ! Oh !

ROXANE, *les suivants des yeux*
Pauvres gens !

CYRANO, *lui baisant la main*
Bonne fée !

RAGUENEAU, *debout sur le siège comme un charlatan en place publique*
Messieurs !...
Enthousiasme.

LES CADETS
Bravo ! Bravo !

RAGUENEAU
Les Espagnols n'ont pas,
Quand passaient tant d'appas, vu passer le repas !
Applaudissements.

CYRANO, *bas à Christian*
Hum ! hum ! Christian !

RAGUENEAU
Distraits par la galanterie
Ils n'ont pas vu...

Il tire de son siège un plat qu'il élève.
La galantine !
Applaudissements. La galantine passe de mains en mains.

CYRANO, *bas à Christian*

Je t'en prie,
Un seul mot !…

RAGUENEAU

Et Vénus sut occuper leur œil
Pour que Diane, en secret, pût passer…
Il brandit un gigot.
Son chevreuil !
Enthousiasme. Le gigot est saisi par vingt mains tendues.

CYRANO, *bas à Christian*

Je voudrais te parler !

ROXANE, *aux cadets qui redescendent,*
les bras chargés de victuailles

Posez cela par terre !
Elle met le couvert sur l'herbe, aidée des deux laquais imperturbables qui étaient derrière le carrosse.

ROXANE, *à Christian, au moment où Cyrano allait l'entraîner à part*
Vous, rendez-vous utile !
Christian vient l'aider. Mouvement d'inquiétude de Cyrano.

RAGUENEAU

Un paon truffé !

PREMIER CADET, *épanoui, qui descend en coupant une large*
tranche de jambon

Tonnerre !
Nous n'aurons pas couru notre dernier hasard
Sans faire un gueuleton…
Se reprenant vivement en voyant Roxane.
pardon ! un balthazar !

RAGUENEAU, *lançant les coussins du carrosse*
Les coussins sont remplis d'ortolans !
Tumulte. On éventre les coussins. Rire. Joie.

TROISIÈME CADET
Ah ! Viédaze !

RAGUENEAU, *lançant des flacons de vin rouge*
Des flacons de rubis !...
De vin blanc.
Des flacons de topaze !

ROXANE, *jetant une nappe pliée à la figure de Cyrano*
Défaites cette nappe !... Eh ! hop ! Soyez léger !

RAGUENEAU, *brandissant une lanterne arrachée*
Chaque lanterne est un petit garde-manger !

CYRANO, *bas à Christian, pendant qu'ils arrangent la nappe ensemble*
Il faut que je te parle avant que tu lui parles !

RAGUENEAU, *de plus en plus lyrique*
Le manche de mon fouet est un saucisson d'Arles !

ROXANE, *versant du vin, servant*
Puisqu'on nous fait tuer, morbleu ! nous nous moquons
Du reste de l'armée ! — Oui ! tout pour les Gascons !
Et si de Guiche vient, personne ne l'invite !
Allant de l'un à l'autre.
Là, vous avez le temps. — Ne mangez pas si vite ! —
Buvez un peu. — Pourquoi pleurez-vous ?

PREMIER CADET
C'est trop bon !

ROXANE
Chut ! — Rouge ou blanc ? — Du pain pour monsieur de Carbon !
— Un couteau ! — Votre assiette ! — Un peu de croute ? Encore ?
— Je vous sers ! — Du bourgogne ? — Une aile ?

CYRANO, *qui la suit, les bras chargés de plats, l'aidant à servir*
Je l'adore !

ROXANE, *allant à Christian*
Vous ?

CHRISTIAN
Rien.

ROXANE
Si ! ce biscuit, dans du muscat… deux doigts !

CHRISTIAN, *essayant de la retenir*
Oh ! dites-moi pourquoi vous vîntes ?

ROXANE
Je me dois
À ces malheureux… Chut ! Tout à l'heure !…

LE BRET, *qui était remonté au fond, pour passer, au bout d'une lance, un pain à la sentinelle du talus*
De Guiche !

CYRANO
Vite, cachez flacon, plat, terrine, bourriche !
Hop ! — N'ayons l'air de rien !…
À Ragueneau.
Toi, remonte d'un bond
Sur ton siège ! — Tout est caché ?…
En un clin d'œil tout a été repoussé dans les tentes, ou caché sous les vêtements, sous les manteaux, dans les feutres. — De Guiche entre vivement — et s'arrête, tout d'un coup, reniflant. — Silence.

Scène VII

LES MÊMES, DE GUICHE.

DE GUICHE

Cela sent bon.

UN CADET, *chantonnant d'un air détaché*

To lo lo !...

DE GUICHE, *s'arrêtant et le regardant*

Qu'avez-vous, vous ?... Vous êtes tout rouge !

LE CADET

Moi ?... Mais rien. C'est le sang. On va se battre : il bouge !

UN AUTRE

Poum... poum... poum...

DE GUICHE, *se retournant*

Qu'est cela ?

LE CADET, *légèrement gris*

Rien ! C'est une chanson !
Une petite...

DE GUICHE

Vous êtes gai, mon garçon !

LE CADET

L'approche du danger !

DE GUICHE, *appelant Carbon de Castel-Jaloux, pour donner un ordre*

Capitaine ! je...
Il s'arrête en le voyant.
Peste !
Vous avez bonne mine aussi !

CARBON, *cramoisi, et cachant une bouteille
derrière son dos, avec un geste évasif*

Oh !…

DE GUICHE

Il me reste
Un canon que j'ai fait porter…
Il montre un endroit dans la coulisse.
Là, dans ce coin,
Et vos hommes pourront s'en servir au besoin.

UN CADET, *se dandinant*

Charmante attention !

UN AUTRE, *lui souriant gracieusement*

Douce sollicitude !

DE GUICHE

Ah çà ! mais ils sont fous ! —
Sèchement.
N'ayant pas l'habitude
Du canon, prenez garde au recul.

LE PREMIER CADET

Ah ! pfftt !

DE GUICHE, *allant à lui, furieux*

Mais !…

LE CADET

Le canon des Gascons ne recule jamais !

DE GUICHE, *le prenant par le bras et le secouant*

Vous êtes gris !… De quoi ?

LE CADET, *superbe*

De l'odeur de la poudre !

DE GUICHE, *haussant les épaules, les repousse et va vivement à
Roxane*

Vite, à quoi daignez-vous, madame, vous résoudre ?

ROXANE

Je reste !

DE GUICHE

Fuyez !

ROXANE

Non !

DE GUICHE

Puisqu'il en est ainsi,
Qu'on me donne un mousquet !

CARBON

Comment ?

DE GUICHE

Je reste aussi.

CYRANO

Enfin, Monsieur ! voilà de la bravoure pure !

PREMIER CADET

Seriez-vous un Gascon malgré votre guipure ?

ROXANE

Quoi… !

DE GUICHE

Je ne quitte pas une femme en danger.

DEUXIÈME CADET, *au premier*

Dis donc ! Je crois qu'on peut lui donner à manger !
Toutes les victuailles reparaissent comme par enchantement.

DE GUICHE, dont les yeux s'allument

Des vivres !

UN TROISIÈME CADET

Il en sort de toutes les vestes !

DE GUICHE, *se maîtrisant, avec hauteur*

Est-ce que vous croyez que je mange vos restes !

CYRANO, *saluant*

Vous faites des progrès !

DE GUICHE, *fièrement, et à qui échappe sur le dernier mot une légère pointe d'accent*

Je vais me battre à jeun !

PREMIER CADET, *exultant de joie*

À jeung ! Il vient d'avoir l'accent !

DE GUICHE, *riant*

Moi !

LE CADET

C'en est un !
Ils se mettent tous à danser.

CARBON, *qui a disparu depuis un moment derrière le talus, reparaissant sur la crête*

J'ai rangé mes piquiers, leur troupe est résolue !
Il montre une ligne de piques qui dépasse la crête.

DE GUICHE, *à Roxane, en s'inclinant*

Acceptez-vous ma main pour passer leur revue ?…
Elle la prend, ils remontent vers le talus. Tout le monde se découvre et les suit.

CHRISTIAN, *allant à Cyrano, vivement*

Parle vite !
Au moment où Roxane paraît sur la crête , les lances disparaissent, abaissées pour le salut, un cri s'élève : elle s'incline.

LES PIQUIERS, *au-dehors*

Vivat !

CHRISTIAN

Quel était ce secret !

CYRANO

Dans le cas où Roxane...

CHRISTIAN

Eh bien ?

CYRANO

Te parlerait
Des lettres ?

CHRISTIAN

Oui, je sais !...

CYRANO

Ne fais pas la sottise
De t'étonner...

CHRISTIAN

De quoi ?

CYRANO

Il faut que je te dise !...
Oh ! mon Dieu, c'est tout simple, et j'y pense aujourd'hui
En la voyant. Tu lui...

CHRISTIAN

Parle vite !

CYRANO

Tu lui...
As écrit plus souvent que tu ne crois.

CHRISTIAN

Hein ?

CYRANO

Dame !
Je m'en étais chargé : J'interprétais ta flamme !
J'écrivais quelquefois sans te dire : j'écris !

CHRISTIAN

Ah ?

CYRANO

C'est tout simple !

CHRISTIAN

Mais comment t'y es-tu pris,
De puis qu'on est bloqué pour ?...

CYRANO

Oh !... avant l'aurore
Je pouvais traverser...

CHRISTIAN, *se croisant les bras*

Ah ! c'est tout simple encore ?
Et qu'ai-je écrit de fois par semaine ?... Deux ? — Trois ?...
Quatre ? —

CYRANO

Plus.

CHRISTIAN

Tous les jours ?

CYRANO

Oui, tous les jours. — Deux fois.

CHRISTIAN, *violemment*

Et cela t'enivrait, et l'ivresse était telle
Que tu bravais la mort...

CYRANO, *voyant Roxane qui revient*

Tais-toi ! Pas devant elle !
Il rentre vivement dans sa tente.

Scène VIII

ROXANE, CHRISTIAN ; au fond, allées et venues de cadets.
CARBON et DE GUICHE donnent des ordres.

ROXANE, *courant à Christian*
Et maintenant, Christian !...

CHRISTIAN, *lui prenant les mains*
Et maintenant, dis-moi
Pourquoi, par ces chemins effroyables, pourquoi
À travers tous ces rangs de soudards et de reîtres,
Tu m'as rejoint ici ?

ROXANE
C'est à cause des lettres !

CHRISTIAN
Tu dis ?

ROXANE
Tant pis pour vous si je cours ces dangers !
Ce sont vos lettres qui m'ont grisée ! Ah ! songez
Combien depuis un mois vous m'en avez écrites,
Et plus belles toujours !

CHRISTIAN
Quoi ! pour quelques petites lettres d'amour...

ROXANE
Tais-toi !... Tu ne peux pas savoir !
Mon Dieu, je t'adorais, c'est vrai, depuis qu'un soir,
D'une voix que je t'ignorais, sous ma fenêtre,
Ton âme commença de se faire connaître...
Eh bien ! tes lettres, c'est, vois-tu, depuis un mois,
Comme si tout le temps, je l'entendais, ta voix
De ce soir-là, si tendre, et qui vous enveloppe !
Tant pis pour toi, j'accours. La sage Pénélope
Ne fût pas demeurée à broder sous son toit,
Si le Seigneur Ulysse eût écrit comme toi,

Mais pour le joindre, elle eût, aussi folle qu'Hélène,
Envoyé promener ses pelotons de laine !...

CHRISTIAN

Mais...

ROXANE

Je lisais, je relisais, je défaillais,
J'étais à toi. Chacun de ces petits feuillets
Était comme un pétale envolé de ton âme.
On sent à chaque mot de ces lettres de flamme
L'amour puissant, sincère...

CHRISTIAN

Ah ! sincère et puissant ?
Cela se sent, Roxane ?...

ROXANE

Oh ! si cela se sent !

CHRISTIAN

Et vous venez ?

ROXANE

Je viens ô mon Christian, mon maître !
Vous me relèveriez si je voulais me mettre
A vos genoux, c'est donc mon âme que j'y mets,
Et vous ne pourrez plus la relever jamais !
Je viens te demander pardon et c'est bien l'heure
De demander pardon, puisqu'il se peut qu'on meure !
De t'avoir fait d'abord, dans ma frivolité,
L'insulte de t'aimer pour ta seule beauté !

CHRISTIAN, *avec épouvante*

Ah ! Roxane !

ROXANE

Et plus tard, mon ami, moins frivole,
— Oiseau qui saute avant tout à fait qu'il s'envole, —
Ta beauté m'arrêtant, ton âme m'entraînant,
Je t'aimais pour les deux ensemble !...

CHRISTIAN

Et maintenant ?

ROXANE

Eh bien ! toi-même enfin l'emporte sur toi-même,
Et ce n'est plus que pour ton âme que je t'aime !

CHRISTIAN, *reculant*

Ah ! Roxane !

ROXANE

Sois donc heureux. Car n'être aimé
Que pour ce dont on est un instant costumé,
Doit mettre un cœur avide et noble à la torture ;
Mais ta chère pensée efface ta figure,
Et la beauté par quoi tout d'abord tu me plus,
Maintenant j'y vois mieux... et je ne la vois plus !

CHRISTIAN

Oh !...

ROXANE

Tu doutes encor d'une telle victoire ?...

CHRISTIAN, *douloureusement*

Roxane !

ROXANE

Je comprends, tu ne peux pas y croire,
À cet amour ?...

CHRISTIAN

Je ne veux pas de cet amour !
Moi, je veux être aimé plus simplement pour...

ROXANE

Pour
Ce qu'en vous elles ont aimé jusqu'à cette heure ?
Laissez-vous donc aimer d'une façon meilleure !

CHRISTIAN

Non ! c'était mieux avant !

ROXANE

Ah ! tu n'y entends rien !
C'est maintenant que j'aime mieux, que j'aime bien !
C'est ce qui te fait toi, tu m'entends, que j'adore,
Et moins brillant...

CHRISTIAN

Tais-toi !

ROXANE

Je t'aimerais encore !
Si toute ta beauté tout d'un coup s'envolait...

CHRISTIAN

Oh ! ne dis pas cela !

ROXANE

Si ! je le dis !

CHRISTIAN

Quoi ? laid ?

ROXANE

Laid ! je le jure !

CHRISTIAN

Dieu !

ROXANE

Et ta joie est profonde ?

CHRISTIAN, *d'une voix étouffée*

Oui...

ROXANE

Qu'as-tu ?...

CHRISTIAN, *la repoussant doucement*

Rien. Deux mots à dire : une seconde...

ROXANE

Mais ?...

CHRISTIAN, *lui montrant un groupe de cadets, au fond*
À ces pauvres gens mon amour t'enleva
Va leur sourire un peu puisqu'ils vont mourir… va !

ROXANE, *attendrie*

Cher Christian !
Elle remonte vers les Gascons qui s'empressent respectueusement autour d'elle.

Scène IX

CHRISTIAN, CYRANO ; au fond ROXANE, causant avec CARBON et quelques cadets.

CHRISTIAN, *appelant vers la tente de Cyrano*
Cyrano ?

CYRANO, *reparaissant, armé pour la bataille*
Qu'est-ce ? Te voilà blême !

CHRISTIAN
Elle ne m'aime plus !

CYRANO
Comment ?

CHRISTIAN
C'est toi qu'elle aime !

CYRANO
Non !

CHRISTIAN
Elle n'aime plus que mon âme !

CYRANO
Non !

CHRISTIAN
Si !
C'est donc bien toi qu'elle aime, — et tu l'aimes aussi !

CYRANO
Moi ?

CHRISTIAN
Je le sais.

CYRANO

C'est vrai.

CHRISTIAN

Comme un fou.

CYRANO

Davantage.

CHRISTIAN

Dis-le-lui !

CYRANO

Non !

CHRISTIAN

Pourquoi ?

CYRANO

Regarde mon visage !

CHRISTIAN

Elle m'aimerait laid !

CYRANO

Elle te l'a dit !

CHRISTIAN

Là !

CYRANO

Ah ! je suis bien content qu'elle t'ait dit cela !
Mais va, va, ne crois pas cette chose insensée !
— Mon Dieu, je suis content qu'elle ait eu la pensée
De la dire, — mais va, ne la prends pas au mot,
Va, ne deviens pas laid : elle m'en voudrait trop !

CHRISTIAN

C'est ce que je veux voir !

CYRANO

Non, non !

CHRISTIAN

Qu'elle choisisse !
Tu vas lui dire tout

CYRANO

Non, non ! Pas ce supplice.

CHRISTIAN

Je tuerais ton bonheur parce que je suis beau ?
C'est trop injuste !

CYRANO

Et moi, je mettrais au tombeau
Le tien parce que, grâce au hasard qui fait naître,
J'ai le don d'exprimer… ce que tu sens peut-être ?

CHRISTIAN

Dis-lui tout !

CYRANO

Il s'obstine à me tenter, c'est mal !

CHRISTIAN

Je suis las de porter en moi un rival !

CYRANO

Christian !

CHRISTIAN

Notre union — sans témoins — clandestine,
— Peut se rompre, — si nous survivons !

CYRANO

Il s'obstine !…

CHRISTIAN

Oui, je veux être aimé moi-même, ou pas du tout !
— Je vais voir ce qu'on fait, tiens ! Je vais jusqu'au bout
Du poste ; Je reviens : parle, et qu'elle préfère
L'un de nous deux !

CYRANO

Ce sera toi !

CHRISTIAN

Mais… je l'espère !
Il appelle.
Roxane !

CYRANO

Non ! Non !

ROXANE, *accourant*

Quoi ?

CHRISTIAN

Cyrano vous dira
Une chose importante
Elle va vivement à Cyrano. Christian sort.

Scène X

ROXANE, CYRANO, puis LE BRET, CARBON, les cadets,
RAGUENEAU, DE GUICHE, etc.

ROXANE

Importante ?

CYRANO, *éperdu*

Il s'en va !…
À Roxane.
Rien… Il attache, — oh ! Dieu ! vous devez le connaître ! —
De l'importance à rien !

ROXANE, *vivement*

Il a douté peut-être
De ce que j'ai dit là ?… J'ai vu qu'il a douté !…

CYRANO, *lui prenant la main*

Mais vous avez bien dit, d'ailleurs, la vérité ?

ROXANE

Oui, oui, je l'aimerais même…
Elle hésite une seconde.

CYRANO, *souriant tristement*

Le mot vous gêne
Devant moi ?

ROXANE

Mais…

CYRANO

Il ne me fera pas de peine !
— Même laid ?

ROXANE

Même laid !
Mousqueterie au-dehors.
Ah ! tiens, on a tiré !

CYRANO, *ardemment*
Affreux ?

ROXANE
Affreux !

CYRANO
Défiguré ?

ROXANE
Défiguré !

CYRANO
Grotesque ?

ROXANE
Rien ne peut me le rendre grotesque !

CYRANO
Vous l'aimeriez encore ?

ROXANE
Et davantage presque !

CYRANO, *perdant la tête, à part*
Mon Dieu, c'est vrai, peut-être, et le bonheur est là.
À Roxane.
Je… Roxane… écoutez !…

LE BRET, *entrant rapidement, appelle à mi-voix*
Cyrano !

CYRANO, *se retournant*
Hein ?

LE BRET
Chut !
Il lui dit un mot tout bas.

CYRANO, *laissant échapper la main de Roxane,*
avec un cri
Ah !…

ROXANE

Qu'avez-vous ?

CYRANO, *à lui-même, avec stupeur*

C'est fini.
Détonations nouvelles.

ROXANE

Quoi ? Qu'est-ce encore ? On tire ?
Elle remonte pour regarder au-dehors.

CYRANO

C'est fini, jamais plus je ne pourrai le dire !

ROXANE, *voulant s'élancer*

Que se passe-t-il ?

CYRANO, *vivement, l'arrêtant*

Rien !
Des cadets sont entrés, cachant quelque chose qu'ils portent, et ils forment un groupe empêchant Roxane d'approcher.

ROXANE

Ces hommes ?

CYRANO, *l'éloignant*

Laissez-les !...

ROXANE

Mais qu'alliez-vous me dire avant ?...

CYRANO

Ce que j'allais
Vous dire ?... rien, oh ! rien, je le jure, madame !
Solennellement.
Je jure que l'esprit de Christian, que son âme
Étaient...
Se reprenant avec terreur.
sont les plus grands...

ROXANE

Étaient ?

Avec un grand cri.
Ah !...
Elle se précipite et écarte tout le monde.

CYRANO
C'est fini.

ROXANE, *voyant Christian couché dans son manteau*
Christian !

LE BRET, *à Cyrano*
Le premier coup de feu de l'ennemi !
Roxane se jette sur le corps de Christian. Nouveaux coups de feu. Cliquetis. Tambours.

CARBON, *l'épée au poing*
C'est l'attaque ! Aux mousquets !
Suivi des cadets, il passe de l'autre côté du talus.

ROXANE
Christian !

LA VOIX DE CARBON, *derrière le talus*
Qu'on se dépêche !

ROXANE
Christian !

CARBON
Alignez-vous !

ROXANE
Christian !

CARBON
Mesurez... mèche !
Ragueneau est accouru, apportant de l'eau dans un casque.

CHRISTIAN, *d'une voix mourante*
Roxane !...

CYRANO, *vite et bas à l'oreille de Christian,*
pendant que Roxane affolée trempe dans l'eau, pour le panser,
un morceau de linge arraché à sa poitrine
J'ai tout dit. C'est toi qu'elle aime encor !
Christian ferme les yeux.

ROXANE

Quoi, mon amour ?

CARBON

Baguette haute !

ROXANE, *à Cyrano*

Il n'est pas mort ?…

CARBON

Ouvrez la charge avec les dents !

ROXANE

Je sens sa joue
Devenir froide, là, contre la mienne !

CARBON

En joue !

ROXANE

Une lettre sur lui !
Elle l'ouvre.
Pour moi !

CYRANO, *à part*

Ma lettre !

CARBON

Feu !
Mousqueterie. Cris. Bruit de bataille.

CYRANO, *voulant dégager sa main que tient Roxane agenouillée*
Mais Roxane on se bat !

ROXANE, *le retenant*
Restez encore un peu.

Il est mort. Vous étiez le seul à le connaître.
Elle pleure doucement.
— N'est-ce pas que c'était un être exquis, un être
Merveilleux ?

CYRANO, *debout, tête nue*

Oui, Roxane.

ROXANE

Un poète inouï,
Adorable ?

CYRANO

Oui, Roxane.

ROXANE

Un esprit sublime ?

CYRANO

Oui,
Roxane !

ROXANE

Un cœur profond, inconnu du profane,
Une âme magnifique et charmante ?

CYRANO, *fermement*

Oui, Roxane !

ROXANE, *se jetant sur le corps de Christian*

Il est mort !

CYRANO, *à part, tirant l'épée*

Et je n'ai qu'à mourir aujourd'hui,
Puisque, sans le savoir, elle me pleure en lui !
Trompettes au loin.

DE GUICHE, *qui reparaît sur le talus, décoiffé, blessé au front, d'une voix tonnante*

C'est le signal promis ! Des fanfares de cuivres !
Les Français vont rentrer au camp avec des vivres !
Tenez encore un peu !

ROXANE

Sur la lettre, du sang,
Des pleurs !

UNE VOIX, *au-dehors criant*

Rendez-vous !

VOIX DES CADETS

Non !

RAGUENEAU, *qui grimpé sur son carrosse* regarde la bataille par-dessus le talus

Le péril va croissant !

CYRANO, *à de Guiche lui montrant Roxane*

Emportez-la ! Je vais charger !

ROXANE, *baisant la lettre, d'une voix mourante*

Son sang ! ses larmes !...

RAGUENEAU, *sautant à bas du carrosse pour courir vers elle*

Elle s'évanouit !

DE GUICHE, *sur le talus, aux cadets, avec rage*

Tenez bon !

UNE VOIX, *au-dehors*

Bas les armes !

VOIX DES CADETS

Non !

CYRANO, *à de Guiche*

Vous avez prouvé, Monsieur, votre valeur
Lui montrant Roxane.
Fuyez en la sauvant !

DE GUICHE, *qui court à Roxane et l'enlève dans ses bras*

Soit ! Mais on est vainqueur
Si vous gagner du temps !

CYRANO

C'est bon !
Criant vers Roxane que de Guiche, aidé de Ragueneau, emporte évanouie.
Adieu, Roxane !
Tumulte. Cris. Des cadets reparaissent blessés et viennent tomber en scène. Cyrano se précipitant au combat est arrêté sur la crête par Carbon, couvert de sang.

CARBON

Nous plions ! J'ai reçu deux coups de pertuisane !

CYRANO, *criant aux Gascons*

Hardi ! Reculès pas, drollos !
À Carbon, qu'il soutient.
N'ayez pas peur !
J'ai deux morts à venger : Christian et mon bonheur !
Ils redescendent. Cyrano brandit la lance où est attaché le mouchoir de Roxane.
Flotte, petit drapeau de dentelle à son chiffre !
Il la plante en terre ; il crie aux cadets.
Toumbé dèssus ! Escrasas lous !
Au fifre.
Un air de fifre !
Le fifre joue. Des blessés se relèvent. Des cadets dégringolant le talus viennent se grouper autour de Cyrano et du petit drapeau. Le carrosse se couvre et se remplit d'hommes, se hérisse d'arquebuses, se transforme en redoute.

UN CADET, *paraissant à reculons, sur la crête, se battant toujours, crie*
Ils montent le talus ! *et tombe mort.*

CYRANO

On va les saluer !
Le talus se couronne en un instant d'une rangée terrible d'ennemis. Les grands étendards des Impériaux se lèvent.

CYRANO

Feu !
Décharge générale.

CRI, *dans les rangs ennemis*
Feu !
Riposte meurtrière. Les cadets tombent de tous côtés.

UN OFFICIER ESPAGNOL, *se découvrant*
Quels sont ces gens qui se font tous tuer ?

CYRANO, *récitant debout au milieu des balles*
Ce sont les cadets de Gascogne
De Carbon de Castel-Jaloux ;
Bretteurs et menteurs sans vergogne…
Il s'élance, suivi des quelques survivants.
Ce sont les cadets…
Le reste se perd dans la bataille.

RIDEAU

Cinquième Acte

La gazette de Cyrano

Quinze ans après, en 1655. Le parc du couvent que les Dames de la croix occupaient à Paris.
Superbes ombrages. À gauche, la maison ; vaste perron sur lequel ouvrent plusieurs portes. Un arbre énorme au milieu de la scène, isolé au milieu d'une petite place ovale. À droite, premier plan, parmi de grands buis, un banc de pierre demi-circulaire.
Tout le fond du théâtre est traversé par une allée de marronniers qui aboutit à droite, quatrième plan, à la porte d'une chapelle entrevue parmi les branches. À travers le double rideau d'arbres de cette allée, on aperçoit des fuites de pelouses, d'autres allées, des bosquets, les profondeurs du parc, le ciel.
La chapelle ouvre une porte latérale sur une colonnade enguirlandée de vigne rougie, qui vient se perdre à droite, au premier plan, derrière les buis.
C'est l'automne. Toute la frondaison est rousse au-dessus des pelouses fraîches. Taches sombres des buis et des ifs restés verts. Une plaque de feuilles jaunes sous chaque arbre. Les feuilles jonchent toute la scène, craquent sous les pas dans les allées, couvrent à demi le perron et les bancs.
Entre le banc de droite et l'arbre, un grand métier à broder devant lequel une petite chaise a été apportée. Paniers pleins d'écheveaux et de pelotons. Tapisserie commencée.
Au lever du rideau, des sœurs vont et viennent dans le parc ; quelques-unes sont assises sur le banc autour d'une religieuse plus âgée. Des feuilles tombent.

Scène Première

Mère MARGUERITE, sœur MARTHE, sœur CLAIRE, Les Sœurs.

SŒUR MARTHE, *à Mère Marguerite*
Sœur Claire a regardé deux fois comment allait
Sa cornette, devant la glace.

MÈRE MARGUERITE, *à sœur Claire*
C'est très laid.

SŒUR CLAIRE
Mais sœur Marthe a repris un pruneau de la tarte,
Ce matin : je l'ai vu.

MÈRE MARGUERITE, *à sœur Marthe*
C'est très vilain, sœur Marthe.

SŒUR CLAIRE
Un tout petit regard !

SŒUR MARTHE
Un tout petit pruneau !

MÈRE MARGUERITE, *sévèrement*
Je le dirai, ce soir, à monsieur Cyrano.

SŒUR CLAIRE, épouvantée
Non ! il va se moquer !

SŒUR MARTHE
Il dira que les nonnes
Sont très coquettes !

SŒUR CLAIRE
Très gourmandes !

MÈRE MARGUERITE, *souriant*
Et très bonnes.

SŒUR CLAIRE
N'est-ce pas, Mère Marguerite de Jésus,

Qu'il vient, le samedi, depuis dix ans !

MÈRE MARGUERITE
Et plus !
Depuis que sa cousine à nos béguins de toile
Mêla le deuil mondain de sa coiffe de voile,
Qui chez nous vint s'abattre, il y a quatorze ans,
Comme un grand oiseau noir parmi les oiseaux blancs !

SŒUR MARTHE
Lui seul, depuis qu'elle a pris chambre dans ce cloître,
Sait distraire un chagrin qui ne veut pas décroître.

TOUTES LES SŒURS
Il est si drôle ! — C'est amusant quand il vient !
— Il nous taquine ! — Il est gentil ! — Nous l'aimons bien !
— Nous fabriquons pour lui des pâtes d'angélique !

SŒUR MARTHE
Mais enfin, ce n'est pas un très bon catholique !

SŒUR CLAIRE
Nous le convertirons.

LES SŒURS
Oui ! Oui !

MÈRE MARGUERITE
Je vous défends
De l'entreprendre encor sur ce point, mes enfants.
Ne le tourmentez pas : il viendrait moins peut-être !

SŒUR MARTHE
Mais… Dieu !…

MÈRE MARGUERITE
Rassurez-vous : Dieu doit bien le connaître.

SŒUR MARTHE
Mais chaque samedi, quand il vient d'un air fier,
Il me dit en entrant : « Ma sœur j'ai fait gras, hier ! »

MÈRE MARGUERITE
Ah ! il vous dit cela ?… Eh bien ! la fois dernière
Il n'avait pas mangé depuis deux jours.

SŒUR MARTHE
Ma Mère !

MÈRE MARGUERITE
Il est pauvre.

SŒUR MARTHE
Qui vous l'a dit ?

MÈRE MARGUERITE
Monsieur Le Bret.

SŒUR MARTHE
On ne le secourt pas ?

MÈRE MARGUERITE
Non, il se fâcherait.
Dans une allée du fond, on voit apparaître Roxane, vêtue de noir, avec la coiffe des veuves et de longs voiles ; de Guiche, magnifique et vieillissant, marche auprès d'elle. Ils vont à pas lents. Mère Marguerite se lève.
— Allons il faut rentrer… Madame Magdeleine,
Avec un visiteur, dans le parc se promène.

SŒUR MARTHE, *bas à sœur Claire*
C'est le duc-maréchal de Grammont ?

SŒUR CLAIRE, *regardant*
Oui, je crois.

SŒUR MARTHE
Il n'était plus venu la voir depuis des mois !

LES SŒURS
Il est très pris ! — La cour ! — Les camps !

SŒUR CLAIRE
Les soins du monde !
Elles sortent. De Guiche et Roxane descendent en silence et s'arrêtent près du métier. Un temps.

Scène II

ROXANE, LE DUC DE GRAMMONT, puis LE BRET et RAGUENEAU.

LE DUC
Et vous demeurez ici, vainement blonde,
Toujours en deuil ?

ROXANE
Toujours.

LE DUC
Aussi fidèle ?

ROXANE
Aussi.

LE DUC, *après un temps*
Vous m'avez pardonné ?

ROXANE, *simplement, regardant la croix du couvent*
Puisque je suis ici.
Nouveau silence.

LE DUC
Vraiment c'était un être ?...

ROXANE
Il fallait le connaître !

LE DUC
Ah ! Il fallait ?... Je l'ai trop peu connu, peut-être !
... Et son dernier billet, sur votre cœur, toujours ?

ROXANE
Comme un doux scapulaire, il pend à ce velours.

LE DUC
Même mort, vous l'aimez ?

ROXANE

Quelquefois il me semble
Qu'il n'est mort qu'à demi, que nos cœurs sont ensemble,
Et que son amour flotte, autour de moi, vivant !

LE DUC, *après un silence encore*

Est-ce que Cyrano vient vous voir ?

ROXANE

Oui, souvent.
Ce vieil ami, pour moi, remplace les gazettes.
Il vient ; c'est régulier ; sous cet arbre où vous êtes
On place son fauteuil, s'il fait beau ; je l'attends
En brodant ; l'heure sonne ; au dernier coup, j'entends
— Car je ne tourne plus même le front ! — sa canne
Descendre le perron ; il s'assied ; il ricane
De ma tapisserie éternelle ; il me fait
La chronique de la semaine, et…
Le Bret paraît sur le perron.
Tiens, Le Bret !
Le Bret descend.
Comment va notre ami ?

LE BRET

Mal.

LE DUC

Oh !

ROXANE, *au duc*

Il exagère !

LE BRET

Tout ce que j'ai prédit : l'abandon, la misère !…
Ses épîtres lui font des ennemis nouveaux !
Il attaque les faux nobles, les faux dévots,
Les faux braves, les plagiaires, — tout le monde.

ROXANE

Mais son épée inspire une terreur profonde.
On ne viendra jamais à bout de lui.

LE DUC, *hochant la tête*
Qui sait ?

LE BRET
Ce que je crains, ce n'est pas les attaques, c'est
La solitude, la famine, c'est Décembre
Entrant à pas de loups dans son obscure chambre
Voilà les spadassins qui plutôt le tueront !
— Il serre chaque jour, d'un cran, son ceinturon.
Son pauvre nez a pris des tons de vieil ivoire.
Il n'a plus qu'un petit habit de serge noire.

LE DUC
Ah ! celui-là n'est pas parvenu ! — C'est égal,
Ne le plaignez pas trop.

LE BRET, *avec un sourire amer*
Monsieur le maréchal !...

LE DUC
Ne le plaignez pas trop : il a vécu sans pactes,
Libre dans sa pensée autant que dans ses actes.

LE BRET, de même
Monsieur le duc !...

LE DUC, *hautainement*
Je sais, oui : j'ai tout ; il n'a rien...
Mais je lui serrerais bien volontiers la main.
Saluant Roxane.
Adieu.

ROXANE
Je vous conduis.
Le duc salue Le Bret et se dirige avec Roxane vers le perron.

LE DUC, *s'arrêtant, tandis qu'elle monte*
Oui, parfois, je l'envie.
— Voyez-vous, lorsqu'on a trop réussi sa vie,
On sent, — n'ayant rien, mon Dieu, de vraiment mal ! —
Mille petits dégoûts de soi, dont le total
Ne fait pas un remords, mais une gêne obscure ;

Et les manteaux de duc traînent dans leur fourrure,
Pendant que des grandeurs on monte les degrés,
Un bruit d'illusions sèches et de regrets,
Comme, quand vous montez lentement vers ces portes,
Votre robe de deuil traîne des feuilles mortes.

ROXANE, *ironique*

Vous voilà bien rêveur ?...

LE DUC

Eh ! oui !
Au moment de sortir, brusquement.
Monsieur Le Bret !
À Roxane.
Vous permettez ? Un mot.
Il va à Le Bret, et à mi-voix.
C'est vrai : nul n'oserait
Attaquer votre ami ; mais beaucoup l'ont en haine ;
Et quelqu'un me disait, hier, au jeu, chez la Reine
« Ce Cyrano pourrait mourir d'un accident. »

LE BRET

Ah ?

LE DUC

Oui. Qu'il sorte peu. Qu'il soit prudent.

LE BRET, *levant les bras au ciel*

Prudent !
Il va venir. Je vais l'avertir. Oui, mais !...

ROXANE, *qui est restée sur le perron, à une sœur qui s'avance vers elle*

Qu'est-ce ?

LA SŒUR

Ragueneau veut vous voir, Madame.

ROXANE

Qu'on le laisse
Entrer.
Au duc et à Le Bret.

Il vient crier misère. Étant un jour
Parti pour être auteur, il devint tour à tour
Chantre...

LE BRET
Étuviste...

ROXANE
Acteur...

LE BRET
Bedeau...

ROXANE
Perruquier...

LE BRET
Maître
De théorbe...

ROXANE
Aujourd'hui, que pourrait-il bien être ?

RAGUENEAU, *entrant précipitamment*
Ah ! Madame !
Il aperçoit Le Bret.
Monsieur !

ROXANE, *souriant*
Racontez vos malheurs
À Le Bret. Je reviens.

RAGUENEAU
Mais, Madame...
Roxane sort sans l'écouter, avec le duc. Il redescend vers Le Bret.

Scène III

LE BRET, RAGUENEAU.

RAGUENEAU

D'ailleurs,
Puisque vous êtes là, j'aime mieux qu'elle ignore !
— J'allais voir votre ami tantôt. J'étais encore
À vingt pas de chez lui... quand je le vois de loin,
Qui sort. Je veux le joindre. Il va tourner le coin
De la rue... et je cours... lorsque d'une fenêtre
Sous laquelle il passait — est-ce un hasard ?... peut-être ! —
Un laquais laisse choir une pièce de bois.

LE BRET

Les lâches !... Cyrano !

RAGUENEAU

J'arrive et je le vois...

LE BRET

C'est affreux !

RAGUENEAU

Notre ami, Monsieur, notre poète,
Je le vois, là, par terre, un grand trou dans la tête !

LE BRET

Il est mort ?

RAGUENEAU

Non ! mais... Dieu ! je l'ai porté chez lui.
Dans sa chambre... Ah ! sa chambre ! il faut voir ce réduit !

LE BRET

Il souffre ?

RAGUENEAU

Non, Monsieur, il est sans connaissance.

LE BRET
Un médecin ?

RAGUENEAU
Il en vint un par complaisance.

LE BRET
Mon pauvre Cyrano ! — Ne disons pas cela
Tout d'un coup à Roxane ! — Et ce docteur ?

RAGUENEAU
Il a parlé, — Je ne sais plus, — de fièvre, de méninges !...
Ah ! si vous le voyiez — la tête dans des linges !...
Courons vite ! — Il n'y a personne à son chevet ! —
C'est qu'il pourrait mourir, Monsieur, s'il se levait !

LE BRET, *l'entraînant vers la droite*
Passons par là ! Viens, c'est plus court ! Par la chapelle !

ROXANE, *paraissant sur le perron et voyant Le Bret s'éloigner par la colonnade qui mène à la petite porte de la chapelle*
Monsieur Le Bret !
Le Bret et Ragueneau se sauvent sans répondre.
Le Bret s'en va quand on l'appelle ?
C'est quelque histoire encor de ce bon Ragueneau !
Elle descend le perron.

Scène IV

ROXANE seule, puis deux Sœurs, un instant.

ROXANE

Ah ! que ce dernier jour de septembre est donc beau !
Ma tristesse sourit. Elle qu'Avril offusque,
Se laisse décider par l'automne, moins brusque.
Elle s'assied à son métier. Deux sœurs sortent de la maison et apportent un grand fauteuil sous l'arbre.
Ah ! voici le fauteuil classique où vient s'asseoir
Mon vieil ami !

SŒUR MARTHE

Mais c'est le meilleur du parloir !

ROXANE

Merci, ma sœur.
Les sœurs s'éloignent.
Il va venir.
Elle s'installe. On entend sonner l'heure.
Là… l'heure sonne.
— Mes écheveaux ! — L'heure a sonné ? Ceci m'étonne !
Serait-il en retard pour la première fois ?
La sœur tourière doit — mon dé ?… là, je le vois ! —
L'exhorter à la pénitence.
Un temps.
Elle l'exhorte !
— Il ne peut plus tarder.
— Tiens ! une feuille morte ! —
Elle pousse du doigt la feuille tombée sur son métier.
D'ailleurs, rien ne pourrait — mes ciseaux… dans mon sac !
— L'empêcher de venir !

UNE SŒUR, *paraissant sur le perron*

Monsieur de Bergerac.

Scène V

ROXANE, CYRANO et, un moment Sœur MARTHE.

ROXANE, *sans se retourner*
Qu'est-ce que je disais ?…
Et elle brode. Cyrano, très pâle, le feutre enfoncé sur les yeux, paraît. La sœur qui l'a introduit rentre. Il se met à descendre le perron lentement, avec un effort visible pour se tenir debout, et en s'appuyant sur sa canne. Roxane travaille à sa tapisserie.
Ah ! ces teintes fanées…
Comment les ressortir ?
À Cyrano, sur un ton d'amicale gronderie.
Depuis quatorze années,
Pour la première fois, en retard !

CYRANO, *qui est parvenu au fauteuil et s'est assis,
d'une voie gaie contrastant avec son visage*
Oui, c'est fou !
J'enrage. Je fus mis en retard, vertuchou !…

ROXANE
Par ?

CYRANO
Par une visite assez inopportune.

ROXANE, *distraite, travaillant*
Ah ! oui ! quelque fâcheux ?

CYRANO
Cousine, c'était une Fâcheuse.

ROXANE
Vous l'avez renvoyée ?

CYRANO
Oui, j'ai dit
Excusez-moi, mais c'est aujourd'hui samedi,
Jour où je dois me rendre en certaine demeure ;
Rien ne m'y fait manquer : repassez dans une heure !

ROXANE, *légèrement*
Eh bien ! cette personne attendra pour vous voir
Je ne vous laisse pas partir avant ce soir.

CYRANO, *avec douceur*
Peut-être un peu plus tôt faudra-t-il que je parte.
Il ferme les yeux et se tait un instant. Sœur Marthe traverse le parc de la chapelle au perron. Roxane l'aperçoit, lui fait un petit signe de tête.

ROXANE, *à Cyrano*
Vous ne taquinez pas sœur Marthe ?

CYRANO, *vivement, ouvrant les yeux*
Si !
Avec une grosse voix comique.
Sœur Marthe !
Approchez !
La sœur glisse vers lui.
Ha ! ha ! ha ! Beaux yeux toujours baissés !

SŒUR MARTHE, *levant les yeux en souriant*
Mais…
Elle voit sa figure et fait un geste d'étonnement.
Oh !

CYRANO, *bas, lui montrant Roxane*
Chut ! Ce n'est rien !
D'une voix fanfaronne. Haut.
Hier, j'ai fait gras.

SŒUR MARTHE
Je sais.
À part.
C'est pour cela qu'il est si pâle !
Vite et bas.
Au réfectoire
Vous viendrez tout à l'heure, et je vous ferai boire
Un grand bol de bouillon… Vous viendrez ?

CYRANO
Oui, oui, oui.

SŒUR MARTHE
Ah ! vous êtes un peu raisonnable, aujourd'hui !

ROXANE, *qui les entend chuchoter*
Elle essaie de vous convertir !

SŒUR MARTHE
Je m'en garde !

CYRANO
Tiens, c'est vrai ! Vous toujours si saintement bavarde,
Vous ne me prêcher pas ? c'est étonnant, ceci !...
Avec une fureur bouffonne.
Sabre de bois ! Je veux vous étonner aussi !
Tenez, je vous permets...
Il a l'air de chercher une bonne taquinerie, et de la trouver.
Ah ! la chose est nouvelle ?...
De... de prier pour moi, ce soir, à la chapelle.

ROXANE
Oh ! oh !

CYRANO, *riant*
Sœur Marthe est dans la stupéfaction !

SŒUR MARTHE, *doucement*
Je n'ai pas attendu votre permission.
Elle rentre.

CYRANO, *revenant à Roxane, penchée sur son métier*
Du diable si je peux jamais, tapisserie,
Voir ta fin !

ROXANE
J'attendais cette plaisanterie.
À ce moment, un peu de brise fait tomber les feuilles.

CYRANO
Les feuilles !

ROXANE, *levant la tête, et regardant au loin, dans les allées*
Elles sont d'un blond vénitien.
Regardez-les tomber.

CYRANO

Comme elles tombent bien !
Dans ce trajet si court de la branche à la terre,
Comme elles savent mettre une beauté dernière,
Et malgré leur terreur de pourrir sur le sol,
Veulent que cette chute ait la grâce d'un vol !

ROXANE

Mélancolique, vous ?

CYRANO, *se reprenant*

Mais pas du tout, Roxane !

ROXANE

Allons, laissez tomber les feuilles de platane…
Et racontez un peu ce qu'il y a de neuf.
Ma gazette ?

CYRANO

Voici !

ROXANE

Ah !

CYRANO, *de plus en plus pâle, et luttant contre la douleur*

Samedi, dix-neuf
Ayant mangé huit fois du raisiné de Cette,
Le Roi fut pris de fièvre ; à deux coups de lancette
Son mal fut condamné pour lèse-majesté,
Et cet auguste pouls n'a plus fébricité !
Au grand bal, chez la reine, on a brûlé, dimanche,
Sept cent soixante-trois flambeaux de cire blanche ;
Nos troupes ont battu, dit-on, Jean l'Autrichien ;
On a pendu quatre sorciers ; le petit chien
De madame d'Athis a dû prendre un clystère…

ROXANE

Monsieur de Bergerac, voulez-vous bien vous taire !

CYRANO

Lundi… rien. Lygdamire a changé d'amant.

ROXANE
Oh !

CYRANO, *dont le visage s'altère de plus en plus*
Mardi, toute la cour est à Fontainebleau.
Mercredi, la Montglat dit au comte de Fiesque
Non ! Jeudi : Mancini, reine de France, — ou presque !
Le vingt-cinq, la Montglat à de Fiesque dit : Oui ;
Et samedi, vingt-six…
Il ferme les yeux. Sa tête tombe. Silence.

ROXANE, *surprise de ne plus rien entendre, se retourne, le regarde, et se levant effrayée*
Il est évanoui ?
Elle court vers lui en criant.
Cyrano !

CYRANO, *rouvrant les yeux, d'une voix vague*
Qu'est-ce ?… Quoi ?…
Il voit Roxane penchée sur lui et, vivement, assurant son chapeau sur sa tête et reculant avec effroi dans son fauteuil.
Non ! non ! je vous assure,
Ce n'est rien. Laissez-moi !

ROXANE
Pourtant…

CYRANO
C'est ma blessure
D'Arras… qui… quelquefois… vous savez…

ROXANE
Pauvre ami !

CYRANO
Mais ce n'est rien. Cela va finir.
Il sourit avec effort.
C'est fini.

ROXANE, *debout près de lui*
Chacun de nous a sa blessure : j'ai la mienne.
Toujours vive, elle est là, cette blessure ancienne,

Elle met la main sur sa poitrine.
Elle est là, sous la lettre au papier jaunissant
Où l'on peut voir encor des larmes et du sang !
Le crépuscule commence à venir.

CYRANO
Sa lettre !... N'aviez-vous pas dit qu'un jour, peut-être,
Vous me la feriez lire ?

ROXANE
Ah ! vous voulez ?... Sa lettre ?

CYRANO
Oui... Je veux... Aujourd'hui...

ROXANE, *lui donnant le sachet pendu à son cou.*
Tenez !

CYRANO, *le prenant*
Je peux ouvrir ?

ROXANE
Ouvrez... lisez !...
Elle revient à son métier, le replie, range ses laines.

CYRANO, *lisant*
« Roxane, adieu, je vais mourir !... »

ROXANE, *s'arrêtant, étonnée*
Tout haut ?

CYRANO, *lisant*
« C'est pour ce soir, je crois, ma bien-aimée !
J'ai l'âme lourde encor d'amour inexprimée,
Et je meurs ! jamais plus, jamais mes yeux grisés,
Mes regards dont c'était... »

ROXANE
Comme vous la lisez,
Sa lettre !

CYRANO, *continuant*
« ... dont c'était les frémissantes fêtes,
Ne baiseront au vol les gestes que vous faites
J'en revois un petit qui vous est familier
Pour toucher votre front, et je voudrais crier... »

ROXANE, *troublée*
Comme vous la lisez, — cette lettre !
La nuit vient insensiblement.

CYRANO
« Et je crie
« Adieu !... »

ROXANE
Vous la lisez...

CYRANO
« Ma chère, ma chérie,
Mon trésor... »

ROXANE, *rêveuse*
D'une voix...

CYRANO
« Mon amour... »

ROXANE
D'une voix...
Elle tressaille.
Mais... que je n'entends pas pour la première fois !
Elle s'approche tout doucement, sans qu'il s'en aperçoive, passe derrière le fauteuil se penche sans bruit, regarde la lettre. — L'ombre augmente.

CYRANO
« Mon cœur ne vous quitta jamais une seconde,
Et je suis et serai jusque dans l'autre monde
Celui qui vous aima sans mesure, celui... »

ROXANE, *lui posant la main sur l'épaule*
Comment pouvez-vous lire à présent ? Il fait nuit.
Il tressaille, se retourne, la voit là tout près, fait un geste d'effroi, baisse la tête. Un long silence. Puis, dans l'ombre complètement venue, elle

dit avec lenteur, joignant les mains
Et pendant quatorze ans, il a joué ce rôle
D'être le vieil ami qui vient pour être drôle !

CYRANO

Roxane !

ROXANE

C'était vous.

CYRANO

Non, non, Roxane, non !

ROXANE

J'aurais dû deviner quand il disait mon nom !

CYRANO

Non ! ce n'était pas moi !

ROXANE

C'était vous !

CYRANO

Je vous jure…

ROXANE

J'aperçois toute la généreuse imposture
Les lettres, c'était vous…

CYRANO

Non !

ROXANE

Les mots chers et fous,
C'était vous…

CYRANO

Non !

ROXANE

La voix dans la nuit, c'était vous.

CYRANO
Je vous jure que non !

ROXANE
L'âme, c'était la vôtre !

CYRANO
Je ne vous aimais pas.

ROXANE
Vous m'aimiez !

CYRANO, *se débattant*
C'était l'autre !

ROXANE
Vous m'aimiez !

CYRANO, *d'une voix qui faiblit*
Non !

ROXANE
Déjà vous le dites plus bas !

CYRANO
Non, non, mon cher amour, je ne vous aimais pas !

ROXANE
Ah ! que de choses qui sont mortes… qui sont nées !
— Pourquoi vous être tu pendant quatorze années,
Puisque sur cette lettre où, lui, n'était pour rien,
Ces pleurs étaient de vous ?

CYRANO, *lui tendant la lettre*
Ce sang était le sien.

ROXANE
Alors pourquoi laisser ce sublime silence
Se briser aujourd'hui ?

CYRANO
Pourquoi ?…
Le Bret et Ragueneau entrent en courant.

Scène VI

Les MÊMES, LE BRET et RAGUENEAU.

LE BRET

Quelle imprudence !
Ah ! j'en étais bien sûr ! il est là !

CYRANO, *souriant et se redressant*

Tiens, parbleu !

LE BRET

Il s'est tué, Madame, en se levant !

ROXANE

Grand Dieu !
Mais tout à l'heure alors… cette faiblesse ?… cette ?…

CYRANO

C'est vrai ! je n'avais pas terminé ma gazette
… Et samedi, vingt-six, une heure avant dîné,
Monsieur de Bergerac est mort assassiné.
Il se découvre ; on voit sa tête entourée de linges.

ROXANE

Que dit-il ? — Cyrano ! — Sa tête enveloppée !…
Ah ! que vous a-t-on fait ? Pourquoi ?

CYRANO

« D'un coup d'épée,
Frappé par un héros, tomber la pointe au cœur ! »…
— Oui, je disais cela !… Le destin est railleur !…
Et voilà que je suis tué dans une embûche,
Par-derrière, par un laquais, d'un coup de bûche !
C'est très bien. J'aurai tout manqué, même ma mort.

RAGUENEAU

Ah ! Monsieur !…

CYRANO
Ragueneau, ne pleure pas si fort !...
Il lui tend la main.
Qu'est-ce que tu deviens, maintenant, mon confrère ?

RAGUENEAU, *à travers ses larmes*
Je suis moucheur de... de... chandelles, chez Molière.

CYRANO
Molière !

RAGUENEAU
Mais je veux le quitter, dès demain ;
Oui, je suis indigné !... Hier, on jouait Scapin,
Et j'ai vu qu'il vous a pris une scène !

LE BRET
Entière !

RAGUENEAU
Oui, Monsieur, le fameux : « Que diable allait-il faire ?... »

LE BRET, *furieux*
Molière te l'a pris !

CYRANO
Chut ! chut ! Il a bien fait !...
À Ragueneau.
La scène, n'est-ce pas, produit beaucoup d'effet ?

RAGUENEAU, *sanglotant*
Ah ! Monsieur, on riait ! on riait !

CYRANO
Oui, ma vie
Ce fut d'être celui qui souffle — et qu'on oublie !
À Roxane.
Vous souvient-il du soir où Christian vous parla
Sous le balcon ? Eh bien toute ma vie est là
Pendant que je restais en bas, dans l'ombre noire,
D'autres montaient cueillir le baiser de la gloire !
C'est justice, et j'approuve au seuil de mon tombeau

Molière a du génie et Christian était beau !
À ce moment, la cloche de la chapelle ayant tinté, on voit tout au fond, dans l'allée, les religieuses se rendant à l'office.
Qu'elles aillent prier puisque leur cloche sonne !

ROXANE, *se relevant pour appeler*

Ma sœur ! ma sœur !

CYRANO, *la retenant*

Non ! non ! n'allez chercher personne !
Quand vous reviendriez, je ne serais plus là.
Les religieuses sont entrées dans la chapelle, on entend l'orgue.
Il me manquait un peu d'harmonie… en voilà.

ROXANE

Je vous aime, vivez !

CYRANO

Non ! car c'est dans le conte
Que lorsqu'on dit : Je t'aime ! au prince plein de honte,
Il sent sa laideur fondre à ces mots de soleil…
Mais tu t'apercevrais que je reste pareil.

ROXANE

J'ai fait votre malheur ! moi ! moi !

CYRANO

Vous ?… au contraire !
J'ignorais la douceur féminine. Ma mère
Ne m'a pas trouvé beau. Je n'ai pas eu de sœur.
Plus tard, j'ai redouté l'amante à l'œil moqueur.
Je vous dois d'avoir eu, tout au moins, une amie.
Grâce à vous une robe a passé dans ma vie.

LE BRET, *lui montrant le clair de lune qui descend à travers les branches*

Ton autre amie est là, qui vient te voir !

CYRANO, *souriant à la lune*

Je vois.

ROXANE

Je n'aimais qu'un seul être et je le perds deux fois !

CYRANO

Le Bret, je vais monter dans la lune opaline,
Sans qu'il faille inventer, aujourd'hui, de machine...

ROXANE

Que dites-vous ?

CYRANO

Mais oui, c'est là, je vous le dis,
Que l'on va m'envoyer faire mon paradis.
Plus d'une âme que j'aime y doit être exilée,
Et je retrouverai Socrate et Galilée !

LE BRET, *se révoltant*

Non ! non ! C'est trop stupide à la fin, et c'est trop
Injuste ! Un tel poète ! Un cœur si grand, si haut !
Mourir ainsi !... Mourir !...

CYRANO

Voilà Le Bret qui grogne !

LE BRET, *fondant en larmes*

Mon cher ami...

CYRANO, *se soulevant, l'œil égaré*

Ce sont les cadets de Gascogne...
— La masse élémentaire... Eh oui ?... voilà le hic...

LE BRET

Sa science... dans son délire !

CYRANO

Copernic
A dit...

ROXANE

Oh !

CYRANO

Mais que diable allait-il faire,
Mais que diable allait-il faire en cette galère ?...
Philosophe, physicien,
Rimeur, bretteur, musicien,
Et voyageur aérien,
Grand riposteur du tac au tac,
Amant aussi — pas pour son bien ! —
Ci-gît Hercule-Savinien
De Cyrano de Bergerac
Qui fut tout, et qui ne fut rien.
... Mais je m'en vais, pardon, je ne peux faire attendre
Vous voyez, le rayon de lune vient me prendre !
Il est retombé assis, les pleurs de Roxane le rappellent à la réalité, il la regarde, et caressant ses voiles
Je ne veux pas que vous pleuriez moins ce charmant,
Ce bon, ce beau Christian ; mais je veux seulement
Que lorsque le grand froid aura pris mes vertèbres,
Vous donniez un sens double à ces voiles funèbres,
Et que son deuil sur vous devienne un peu mon deuil.

ROXANE

Je vous jure !...

CYRANO, *est secoué d'un grand frisson et se lève brusquement*
Pas là ! non ! pas dans ce fauteuil !
On veut s'élancer vers lui.
— Ne me soutenez pas ! — Personne !
Il va s'adosser à l'arbre.
Rien que l'arbre !
Silence.
Elle vient. Je me sens déjà botté de marbre,
— Ganté de plomb !
Il se raidit.
Oh ! mais !... puisqu'elle est en chemin,
Je l'attendrai debout,
Il tire l'épée.
Et l'épée à la main !

LE BRET

Cyrano !

ROXANE, *défaillante*

Cyrano !
Tous reculent épouvantés.

CYRANO

Je crois qu'elle regarde...
Qu'elle ose regarder mon nez, cette Camarde !
Il lève son épée.
Que dites-vous ?... C'est inutile ?... Je le sais !
Mais on ne se bat pas dans l'espoir du succès !
Non ! non, c'est bien plus beau lorsque c'est inutile !
— Qu'est-ce que c'est que tous ceux-là ! — Vous êtes mille ?
Ah ! je vous reconnais, tous mes vieux ennemis !
Le Mensonge ?
Il frappe de son épée le vide.
Tiens, tiens ! — Ha ! ha ! les Compromis,
Les Préjugés, les Lâchetés !...
Il frappe.
Que je pactise ?
Jamais, jamais ! — Ah ! te voilà, toi, la Sottise !
— Je sais bien qu'à la fin vous me mettrez à bas ;
N'importe : je me bats ! je me bats ! je me bats !
Il fait des moulinets immenses et s'arrête haletant.
Oui, vous m'arrachez tout, le laurier et la rose !
Arrachez ! Il y a malgré vous quelque chose
Que j'emporte, et ce soir, quand j'entrerai chez Dieu,
Mon salut balaiera largement le seuil bleu,
Quelque chose que sans un pli, sans une tache,
J'emporte malgré vous,
Il s'élance l'épée haute.
Et c'est...
L'épée s'échappe de ses mains, il chancelle, tombe dans les bras de Le Bret et de Ragueneau.

ROXANE, *se penchant sur lui et lui baisant le front*
C'est ?...

CYRANO, *rouvre les yeux, la reconnaît et dit en souriant*
Mon panache.

RIDEAU

LA VENGEANCE DE CYRANO

Le dernier acte

Par Bruno Cras

Avant-propos

J'ai toujours aimé la poésie et le théâtre. J'ai suivi pendant près de trois ans un cours d'art dramatique où je me suis familiarisé avec les alexandrins, leur rythme et leurs rimes.

Lorsque je suis devenu journaliste à la radio et que je couvrais les domaines de la littérature, du théâtre et du cinéma, j'ai écrit une critique en vers du film de Jean-Paul Rappeneau, Cyrano de Bergerac. Plus tard, j'ai décidé de prolonger l'aventure et d'écrire un acte entier qui commencerait le jour de la mort de Cyrano et qui serait en quelque sorte l'acte final de la pièce.

Il fallait trouver une intrigue et comme la pièce de Rostand se déroule sur une quinzaine d'années, j'ai imaginé que quelques temps avant le début de la pièce, Cyrano a croisé une prostituée qui lui a donné un fils qu'il a toujours caché par crainte du déshonneur. Le jeune Bergerac a désormais 20 ans et lorsqu'il apprend la mort de son père, il brûle de le venger.

Les vieux amis de Cyrano, Ragueneau et Le Bret, qui connaissent le nom de l'assassin, vont tout faire pour calmer la fougue du jeune homme et pour cela, ils vont demander l'aide de Roxane.

J'ai tenu à ce que ce texte soit dans le droit fil de l'esprit et du style de Rostand. C'était une façon de lui rendre hommage l'année du centenaire de sa disparition.

Bruno Cras

Personnages :

ROXANE
CYRANO FILS
LE BRET
RAGUENEAU
DE VALVERT
DUC DE GUICHE
Le Comte de Guiche devenu Duc de Grammont et dit « Duc de Guiche »
LA DUÈGNE
DEUX GARDES

Une petite place dans l'ancien Marais.

Scène Première

RAGUENEAU, LE BRET

RAGUENEAU

Cyrano n'est plus là, il est mort ce matin,
Seul un traître a pu mettre fin à son destin.
Et Roxane est en deuil pour la seconde fois.
L'amour l'a asservie à ses obscures lois.
Elle aimait un fantôme, une ombre l'adorait ;
Elle souriait à l'un quand un autre pleurait.
Les hommes de sa vie l'ont quittée tour à tour,
Et, doublement aimée, elle reste sans amour.

LE BRET

Elle est seule, il est vrai, mais le temps est venu
D'oublier un serment que j'ai toujours tenu ;
Cyrano l'amoureux, Cyrano l'âme pure
Portait un lourd secret comme une déchirure.
Avant d'aimer Roxane en soupirant fidèle,
Son chemin a croisé un cœur de demoiselle
Et de cette nuit-là, il lui est né un fils
Qu'il a chéri comme on chérit un maléfice.
Le garçon a grandi, aujourd'hui il se cache
Pour l'honneur de son nom car il n'est pas un lâche ;
Mais, dès qu'il apprendra que Cyrano est mort,
Il sortira du bois pour réparer le tort
Qu'on a fait à sa vie : il voudra se venger
Et dès lors, il sera lui-même en grand danger.

RAGUENEAU

Il faut donc prévenir Roxane avant demain.
Elle seule pourra arrêter cette main
Qui s'apprête à commettre un acte sans retour
Au nom de Cyrano et au nom de l'amour.

Scène II

ROXANE, LA DUÈGNE

ROXANE

Ainsi, en un seul jour, j'entends un double aveu.
Cyrano qui m'aimait brûlait d'un autre feu.
Ce fils caché, vécu à tort comme une faute,
Recevait son amour, venu d'une âme haute.
Aujourd'hui, je leur dois, à tous les deux ensemble
D'avoir l'âme en lambeaux et la raison qui tremble.
Mais je vais me reprendre et tenter à mon tour
De rendre une partie de ce trop grand amour.
Je sens mon cœur pencher avec sollicitude
Vers ce jeune orphelin : la même solitude
Nous unit tous les deux et rapproche nos pas.
Il est l'enfant rêvé que je n'attendais pas.

LA DUÈGNE

Il se peut, en effet, que grâce à vous, Madame,
Ce jeune Cyrano veuille brider sa lame
Et renonce au projet qu'il porte dans son cœur.
Mais ne craignez-vous pas, en calmant son ardeur
De devenir un jour l'objet de son courroux ?
Et que le temps venu, il ne revoie en vous
Que celle qui brisa l'élan de sa vengeance ?

ROXANE

Il est noble celui qui répare une offense,
Mais détruire sa vie en punissant un lâche
N'est pas digne façon d'effacer une tache.
Il y a, pour se venger, beaucoup d'autres chemins
Et je serai le cœur qui guidera sa main.

Scène III

CYRANO FILS, PUIS ROXANE

CYRANO FILS
Ainsi donc, c'était vrai ! Ils ont tué mon père !
Il pressentait qu'un pleutre agirait par derrière !
Mais il n'a, pour autant, pu éviter le coup.
Son âme était usée d'avoir subi beaucoup
D'amères déceptions et d'espoirs avortés.
D'entre mes souvenirs, reviennent les étés
Que nous passions ensemble auprès de la rivière
En la douce Gascogne. Et sa vieille rapière
Appuyée contre le tronc d'un saule, il pêchait
Tout en rêvant à cet amour qu'il me cachait,
Laissant aller au fil de l'eau toute amertume.
Sous le ciel étoilé, comme un feu qu'on allume,
Il racontait la guerre et ses compagnons d'armes.
Je l'ai vu, bien souvent, qui retenait ses larmes
En parlant des blessés, des morts, de la souffrance,
De la défaite aussi pour ce pays de France,
Qu'il défendait si bien du bout de son épée.
Avec lui, tout récit était une épopée.
Ce soldat, ce héros, qu'aujourd'hui, on vénère
Était un homme doux que j'appelais mon père.

ROXANE *entre en scène côté jardin mais reste dans l'ombre*
Et c'est cet homme-là qui m'a aimée jadis.
Aujourd'hui, il me faut avouer à son fils
Le lien qui m'unissait à celui qui demeure
Au-delà de la mort, l'ami, qui, à toute heure,
Est resté près de moi et de mes pensées sombres.
Que de fois, isolée au milieu de mes ombres,
J'ai senti s'approcher, comme un ange gardien,
Son cœur qui se posait tout à côté du mien.
Sa présence était douce et douce était sa voix.
Je me souviens aussi qu'il me parlait parfois

De Christian, son frère, l'homme que j'aimais.
Mais, en ces moments-là, son cœur n'osa jamais.
S'ouvrir à moi de cette flamme incandescente
Qui dévorait sa vie et aujourd'hui me hante.
C'est sur ces braises-là que je voudrais forger
La volonté de fer qu'il faut pour nous venger.
On peut toucher au cœur autrement que d'une arme.
Si je n'ai pas la force, il me reste le charme
Et je vais, de ce pas, proposer mon appui...

CYRANO FILS

Madame, on m'a parlé, je sais qui nous a nui.
Pardonnez-moi d'être si prompt dans ma colère
Mais il y a dans mon sang la passion de mon père.
Vous savez qui je suis et je sais qui vous êtes.
Ne perdons pas de temps, Madame, êtes-vous prête
À soutenir mon bras armé pour la vengeance ?

ROXANE

Nous le ferons sans sacrifier ton innocence.
J'ai perdu Cyrano, je veux garder son fils,
Et j'ai, à cet effet, conçu un artifice.
Il me faut simplement le nom de l'assassin
Et nous pourrons exécuter ce noir dessein.

CYRANO FILS

Je devrais refuser votre projet, Madame,
Car mon honneur est chatouilleux et il réclame
Plutôt qu'une malice, un acte sans détour.
Mais je suis gentilhomme et je dois à mon tour
Partager avec vous mon envie de justice.
Mon père vous aimait et moi qui suis son fils,
Je vous offre ma main pour ce juste combat.

ROXANE

Je vois que ta fureur cachait un cœur qui bat,
Et je te remercie pour ta digne sagesse.
Quant à moi, mon garçon, je te fais la promesse
Qu'avec ou sans épée, nous porterons le coup ;
Mais nous voilà unis et c'est déjà beaucoup.

Allons jusqu'au couvent où je vis d'habitude,
Nous pourrons y parler en toute quiétude.

CYRANO FILS
Je vous suivrai, Madame, où il faudra vous suivre.
En marchant dans vos pas, je recommence à vivre.

Scène IV

LE BRET, RAGUENEAU

LE BRET

C'est fait, ils se sont vus et ils se sont tout dits.
Échappent-ils enfin à leurs destins maudits ?
J'ai parlé au jeune homme, il sait la vérité,
Et par quelle bassesse et vile lâcheté,
Un laquais soudoyé par un certain Vicomte
À tué Cyrano pour venger une honte
Subie il y a quinze ans. Souviens-toi, Ragueneau,
Ce temps où tu étais encore à ton fourneau,
Cuisant des petits-fours et taquinant la rime
Pendant que Cyrano, oh, ce n'est pas un crime,
Ferraillait à tout va, refroidissant l'ardeur
De ceux qui attaquaient son nez et son honneur.
Un soir, nous étions là tous les deux à l'attendre :
Il avait déclaré à qui voulait l'entendre
Qu'il privait de scène Montfleury pour un mois.
Alors qu'il essuyait les cris et les émois
D'un public furieux qui réclamait l'acteur,
Il se vit provoquer par un piètre bretteur,
Vicomte de Valvert puisqu'il faut le nommer,
À qui il enseigna comment on peut rimer
Tout en croisant le fer pour porter l'estocade.
Le vicomte humilié, puni de sa bravade
À ruminé quinze ans ce fait d'armes piteux.
Il se venge aujourd'hui et nous rend malheureux.
Mais le temps, désormais, n'est plus aux vains soupirs.
Roxane et Bergerac, outre leurs souvenirs,
Partagent maintenant une juste colère,
Elle, au nom de l'amour, et lui, au nom du père.
Or sagesse et raison semblent prendre le pas
Sur la fougue et le cœur qui ne transigeaient pas.
Roxane a les atouts d'une âme féminine :
Elle veut éviter qu'une main assassine

Ne rompe en un seul coup une vie toute entière,
Et que le justicier, tout à son âme fière,
Ne se trouve broyé par sa propre vengeance.
Elle a donc inventé certaine manigance
Pour piéger le vicomte en sauvant le jeune homme.

RAGUENEAU
Tu veux dire, Le Bret, que ce qui compte en somme,
C'est que Cyrano Fils puisse venger son père
Sans être désigné meurtrier de Valvert ?

LE BRET
C'est en tout cas le vœu le plus cher de Roxane,
Qu'en vengeant son honneur, le garçon ne se damne.

Scène V

ROXANE, CYRANO FILS

ROXANE

Il faut, mon cher enfant, que Valvert te provoque,
Qu'il soit ton agresseur sans aucune équivoque.
Je vais donc m'employer d'abord à le séduire
Car je suis prête à tout s'il s'agit de lui nuire.
J'irai même jusqu'à lui déclarer ma flamme ;
Je le veux attirer sous le fil de ma lame
Et le tenir ainsi pour qu'il perde raison
Et ne puisse songer à quelque trahison.

CYRANO FILS

Ce sera donc à moi de jouer le prochain coup.
Vous me demandez peu, mais pour moi, c'est beaucoup.
Simuler cet amour que vous portait mon père,
Feindre une passion quand lui était sincère,
Utiliser ces mots qu'il inventait pour vous,
Et rendre ce Valvert farouchement jaloux
Afin que sans délai, il me cherche querelle
Jouant les courageux sous les yeux de sa belle,
Si je fais tout cela, son sort sera scellé,
Mais je serai meurtri d'avoir tant simulé.

ROXANE

Eh bien, tu guériras de cette meurtrissure !
Il y a dans toute vie une pire blessure,
Celle de n'avoir pu laver certain affront
Et de porter toujours du rouge sur le front.

Scène VI

VALVERT

VALVERT
Que me vaut aujourd'hui une telle fortune ?
Celle dont la beauté ferait pâlir la lune,
Qui rayonne malgré sa parure de veuve
Mais qui vit au couvent pour que rien ne l'émeuve,
M'adresse en cet instant un billet fort exquis
Souhaitant avec ardeur que mon cœur soit acquis
Au désir qu'elle aurait d'un peu mieux me connaître ?
Valvert, prends garde à toi ! Je sens un coup de traître !
Roxane était amie de ce gascon furieux
Qui me blessa jadis en un duel odieux.
Si ce soir son esprit ferraille avec le diable,
A-t-elle deviné que j'en suis le coupable ?
Et pourquoi, dans ce cas, veut-elle me charmer ?
Pour me faire souffrir en me faisant l'aimer ?
Que m'importe ! Le jeu en vaut bien la chandelle
Et je veux bien brûler si la flamme vient d'elle !

Scène VII

ROXANE, CYRANO FILS

ROXANE

C'est fait ! Il a suffi d'un simple billet doux
Pour ferrer le vicomte et le mettre à genoux.
Nous nous sommes parlés : j'ai raconté ma vie
Sans rien dissimuler de ma brûlante envie
Après un très long deuil de retrouver le monde.
J'ai dit que je cherchais un ami qui réponde
À mon désir profond d'oublier le passé.
Entendant cet aveu, Valvert s'est empressé
De mettre tout entier son cœur à mon service ;
Ce mélange troublant de vertu et de vice
A failli ébranler mon désir de vengeance.
Mais il y a dans mon cœur bien pire qu'une offense,
Une vive douleur, une blessure ouverte,
Le sentiment profond d'une terrible perte,
Comme si cet amour que je n'ai su comprendre
Survivait à la mort de cet être si tendre.
C'est au nom de ce lien qui ne rompra jamais
Que je n'ai plus le droit de faiblir désormais.
J'ai donc donné ce soir un double rendez-vous :
L'un à un faux galant, l'autre à un vrai jaloux.
Le fils de Cyrano viendra avant minuit.
Valvert, si tout va bien, sera celui qui suit.
Le second surprendra le premier dans mes bras.
Le drame se jouera : je ne trancherai pas.
J'ai demandé au Duc, ami de longue date
D'être là en témoin : si l'affaire se gâte,
Il saura réagir, il est dans le secret :
Il connaît notre plan grâce au brave Le Bret.
À présent, tout est prêt, mais mon trouble grandit.
Il me reste à prier : ce soir, tout sera dit !

CYRANO FILS
Je vais jouer le jeu, plus je serai sincère,
Plus il aura du mal à dompter sa colère.
En plus d'être lâche, Valvert est suffisant.
Il ne souffrira point un revers si cuisant.
Adieu ! Dès cet instant, nous n'avons plus de lien,
Je ne vous connais plus, vous ne m'êtes plus rien !

Roxane et Cyrano fils quittent la scène.

Scène VIII

ROXANE, CYRANO FILS, VALVERT, DE GUICHE,
DEUX GARDES

Roxane et Cyrano réapparaissent.

ROXANE

Je vous rencontre donc pour la première fois ?
Comment pourrais-je alors vous parler des émois
D'une femme qui sort à peine du couvent,
Qui a aimé jadis, qui a pleuré souvent
Et qui ne peut cacher son trouble devant vous ?

CYRANO FILS

Votre regard, Madame, et vos mots sont si doux
Qu'ils me semblent déjà l'aube d'une promesse.
Mais je vois dans vos yeux une ombre de tristesse
Qui souligne de noir l'éclat de votre charme.
Quelle est donc la blessure et qui a tenu l'arme ?

ROXANE

Ne parlons plus de guerre, il n'est plus temps, je veux
Entendre des propos beaucoup plus audacieux !

Valvert entre sur scène, mais reste dissimulé dans l'ombre.

CYRANO FILS

Je vais donc vous ouvrir mon âme toute entière
Et vous faire un aveu : vous êtes la première
À soumettre mon cœur comme on plie une lame ;
Depuis que j'ai croisé votre chemin, Madame,
Je ne sais où je vais, je marche dans vos pas
Comme si mes pensées ne m'appartenaient pas.
Je vous en prie, Roxane, écourtez donc ma peine,
Dites-moi si vous permettez que je vous aime !

ROXANE

Mon Dieu ! Vous m'avez dit « Roxane ! » avec la voix
Qui me parlait d'amour tendrement autrefois,
Qui choisissait des mots si doux à mon oreille
Décrivant les baisers comme des bruits d'abeille !
Redites-moi « Roxane » et je perds la raison
Car je veux m'enivrer à ce divin poison.

CYRANO FILS

Roxane, je vous aime, et ce n'est plus un jeu !
Dites-moi seulement que vous m'aimez un peu !

ROXANE

Je vous aime et je sens que je lui parle à lui !
Lui que j'aimais sans le savoir et que j'ai fui !
Il est toujours dans l'ombre, il m'entend, je le sais.
Mais oui, mon cher amour, c'est vrai que je t'aimais !
Je n'ai pas su le dire et je n'ai su comprendre,
Je n'ai même pas pu t'offrir un geste tendre !
Prenez-moi dans vos bras, serrez-moi, je défaille...

Effrayée, Roxane sort.

VALVERT

Écarte-toi, Maraud, il faut que tu t'en ailles !
Je t'embrocherai vif, si tu t'approches d'elle !

CYRANO FILS

Ai-je bien entendu ? Était-ce une crécelle ?
Le miaulement d'un chat, un piaillement d'oiseau ?

VALVERT

Dégaine ton épée si tu fais le faraud !

CYRANO FILS

Je ne croise jamais le fer avec un reître !

VALVERT

Défends-toi, freluquet, ou tu vas disparaître !

CYRANO FILS

Je ne salirai pas mon honnête rapière !

VALVERT

Alors tu vas mourir ! Adieu ! Fais ta prière !

CYRANO FILS

Tu sais qui m'a donné cette épée que tu vois ?
Un certain Cyrano que tu connais, je crois.

VALVERT

J'ai donc été trahi ! Cet air de ressemblance,
Ce nez et cette voix, cette même insolence,
Ce rendez-vous était un piège ? Eh bien, tant pis !
Le fils retrouvera le père au paradis !

DE GUICHE, *faisant irruption*

Halte-là ! Je défends l'honneur de Cyrano
Assassiné hier par un coup dans le dos.

VALVERT

Vicomte de Valvert, Monsieur, pour vous servir !
Ce n'était que justice, il fallait en finir !

DE GUICHE

En garde ! Car c'est moi qui relève le gant :
Nous allons voir jusqu'où vous êtes arrogant !

VALVERT

Il me semble, Monsieur, peut-être vous connaître ?

DE GUICHE

Duc de Guiche ! Et ce soir, grand pourfendeur de traître !
Sachez qu'en cet emploi, moi aussi, je fais mouche
Et qu'au bout de l'envoi, tout simplement, je touche !

Valvert chancelle, mortellement blessé.
De Guiche fait un signe à deux gardes postés dans l'ombre ; ils emmènent rapidement le corps de Valvert.

CYRANO FILS
Merci, Monsieur, d'avoir volé à mon secours...

DE GUICHE
Vous accourrez au mien, peut-être, un de ces jours !

CYRANO FILS
... Mais j'aurais très bien pu me défendre tout seul !

DE GUICHE
Le courage, Monsieur, est parent du linceul.

ROXANE *réapparaissant*
Eh bien, Monsieur le Duc, que s'est-il donc passé ?

DE GUICHE
Le Vicomte est confus, il était très pressé !
J'ai pris la liberté, Madame, et je l'assume
De délivrer Monsieur d'une gloire posthume.
Mon nom, vous le savez, me protège de ceux
Qui auraient le désir de jouer les fâcheux
En cherchant à venger le perfide Vicomte.
Mon seul titre de Duc m'acquitte de tout compte.
Adieu ! Il se fait tard. Nous parlerons demain.
Et quant à vous, là-haut, je vous serre la main.

Scène IX

CYRANO FILS, ROXANE

CYRANO FILS
Ne dites rien, Madame, il fera bientôt jour.
J'ai aimé ce moment où nous parlions d'amour.
Mais l'ombre de la nuit se dissipe à présent
Et je ne serai digne enfin qu'en me taisant.

ROXANE
J'honore ton silence, alors, de tout mon cœur.
Je garderai le souvenir de ce bonheur
Qui brûlera en moi comme un parfum secret.
Le jour est là. Ta vie commence, et je m'en vais.

RIDEAU

Illustration de Yoann Laurent-Rouault

Rimer au cinéma n'est pas chose facile
Et Rappeneau, ma foi, s'y montre fort habile.
Rompu aux comédies qui vont tout feu tout flamme,
Il prend avec brio le ton du mélodrame
Et promène les vers d'habitude immobiles
À travers deux pays et pas moins de six villes.
Ayant gratté ici et là quelque dorure,
Il allège la pièce et retrouve une épure,
Dégageant sous un bloc taillé dans la prouesse
La vérité de l'âme et le cri de détresse.
Avec lui, Cyrano n'est plus un personnage
Mais un homme qui vit, qui souffre et qui enrage,
Et Depardieu drapé dans sa force fragile,
Marie avec bonheur l'émotion et le style.
N'étant pas un acteur à pratiquer l'esquive,
Il dit l'alexandrin comme une langue vive
Et selon qu'il guerroie ou qu'il parle d'amour,
Lui donne du tranchant ou l'ourle de velours.
Enfin s'il faut parler de la scène finale
Que Rostand à nimbée de lumière automnale,
Sachez qu'en fin bretteur Rappeneau y fait mouche,
Et qu'au bout de l'envoi, tout simplement, il touche.

Critique de « Cyrano de Bergerac » de Jean-Paul Rappeneau, Festival de Cannes. Mai 1990.
Bruno Cras

Disponible dans la collection

Les Atemporels

- **Psychologie des foules** de Gustave Le Bon
  Préfacé par Benoist Rousseau

- **Claude Gueux** de Victor Hugo
  Préfacé par Arthur Saint-Servan

- **Le colonel Chabert** d'Honoré de Balzac
  Préfacé par Alain Maufinet

- **Le tour du monde en 80 jours** de Jules Verne
  Préfacé par Marc Tardieu

- **Les chants de Maldoror** du Compte de Lautréamont
  Préfacé par Arnaud Lesaulnier

- **Gamiani ou deux nuits d'excès** d'Alfred de Musset
  Préfacé par Laetitia Cavagni

- **La ferme des animaux** de George Orwell
  Traduit, adapté et préfacé par Aïssatou Thiam

- **Le diable au corps** de Raymond Radiguet
  Préfacé par Frank Antunes

- **Discours de la servitude volontaire** de Étienne de La Boétie
  Préfacé par Gilles Nuytens

- **AZIYADÉ** de Pierre Loti
  Préfacé par Alain Maufinet

Suivez **JDH Éditions** sur les réseaux sociaux
pour en savoir plus sur les auteurs,
les nouveautés, les projets…

Inscrivez-vous à notre Newsletter sur
www.jdheditions.fr
Pour recevoir l'actualité de nos nouvelles

L'Édredon

La revue littéraire de JDH Éditions

Venez découvrir les textes de la revue

**Textes et articles dans un rubriquage varié
(chroniques, billets d'humeur, cinéma, poésie...)**